JN319568

二見文庫

住職の妻

睦月影郎

目次

住職の妻

第一章　新婚和尚の閨

1

（うわ……、和尚様と奥様が裸に……）

法敬《のりたか》は、襖の隙間から住職夫婦の寝室を覗き込み、激しく胸を高鳴らせてしまった。

トイレの帰りに声が聞こえたから何気なく廊下の方を見ると、細く灯りが洩れていたので、つい覗いてしまったのである。

中では五十八歳の住職、無三《むさん》と、三十七歳の今日子《きょうこ》が、一糸まとわぬ姿でからみ合っていた。この年齢だが、二人は新婚半年なのである。

法敬は生唾を飲み、生まれて初めて見る男女の営みに目を凝らした。

今田《いまだ》法敬は二十二歳。先月に仏教系の大学を卒業し、この山寺、月影院《げつえいいん》の離れに住み込んで修行していた。

実家も寺で、厳格な父に育てられた。いずれ寺を継ぐため大学を出て、しばらくはここに預けられたのである。

法敬は、高校も大学時代も、まったく女性に縁がなく、まだファーストキスも知らない完全な童貞であった。

大学では、女子大とのコンパや、悪友による風俗への誘いもあったが、父の怖さがトラウマとなってためらい、結局、女犯《にょぼん》をしないまま今日まで来てしまったのだった。

それでも現代っ子だから、少々の肉や酒は口にしていた。

しかし夢精することはあっても、オナニーはまだ途中までしかしたことがなかったのである。

絶頂が迫ると、夢精した明け方の夢を思い出し、そのまま夢の世界に取り込まれてしまうような恐怖が湧いた。

要するに、激しい興味はあるが、目眩《めくるめ》く快楽に対して臆病だったのである。

月影院は、本堂に千手観音を戴き、渡り廊下の脇にいくつかの宿坊があって二階建ての母屋に繋がっていた。階下には無三と今日子の寝室、リビングにキッチンとバストイレ、二階には今日子の連れ子である、女子大生で十八歳になる真希《まき》の部屋があった。

さらにキッチンのドアの向こうに、八畳の離れがあり、元は先代の隠居所だったが、そこに法敬は住んでいた。

ただ風呂とトイレは、当然母屋を使わせてもらっており、それで夫婦の物音に気づいてしまったのだった。

「ダメ……、そんなに舐めたら、大きな声が出ちゃうわ……」

今日子が、スタンドの灯りに浮かび上がった熟れ肌を艶めかしくくねらせて言った。

三十七歳の子持ちだから、高校を出て大学に入り、すぐにも先輩の男と知り合い、学生結婚で真希を産んだことになる。

顔は、本堂の観音様より美形で、色白の豊満。慈愛に満ちた笑みが魅力で法敬も夢に見るほど憧れの大人の女性であった。

「いいよ、大きな声を出しても」

体重百キロ近い巨漢の無三が、日頃のトレードマークである丸メガネを外し、今日子の股間に顔を潜り込ませて言った。

半年前、亡夫の三回忌の法要をこの寺で行ない、無三はその喪服姿の今日子に惚れ込み、懇願して一緒になったということだ。

今日子も、酒とギャンブルに明け暮れた夫が病死し、母娘でアパート暮らしをしていたが、真希の受験があり生活も苦しいので応じたのだろう。亡夫の評判が悪く、もう母娘に親戚づきあいはないらしい。

無三は初婚で、何しろ今日子に深く執着しているようだった。

「アア……、ダメよ、もし法敬さんに聞かれたら……」

今日子が悶えながら言い、覗き見ている法敬はドキリとした。

「なあに、あいつは大卒だが、まだウブな子供だ。もうぐっすり眠っているだろう。もっとも、覗き見るような度胸があれば見込みがあるんだが」

「そんな、彼は大人しくて真面目だから、そんなこと決してしないわ……」

「ああ、だが、もし無垢な童貞に見られていたとしたら、相当に燃えるんじゃないかね？」

「アア……、そんな、死ぬほど恥ずかしいわ……」

「ほら、想像しただけで、もっと濡れてきた」

無三は無駄口を叩きながら今日子の割れ目を舐め回し、そのたびに今日子の豊かな乳房が弾み、白い下腹がヒクヒクと波打った。

(オシッコをする場所を舐めている……)

法敬は、最初から驚きに目を丸くしていた。

それは現代っ子だから、ネットであられもない画面を見てしまうこともあったが、それはエロ業界のみの特別な行為のように思っていた。

通常は、愛を語らってキスをして、オッパイを揉んで挿入、という実にシンプルなものではないかと想像していたのである。

しかし、尊敬する住職の無三が、このような行為をしているのだから、恐らく万人もこうした痴戯に耽っているのだろう。

もちろん見ていても不潔感はなく、自分もしてみたいと思った。

何しろ天女のような今日子が、こんなにも息を弾ませて感じ、悦んでいるのである。

さらに無三は、今日子の両足を持ち上げ、オムツでも替えるような格好にしてお尻の谷間にも舌を這わせはじめたのだった。

（ウ、ウンコをする場所まで舐めている……）

法敬は度肝を抜かれ、危うく声を洩らすところだった。

「あん、くすぐったいわ。今日はお風呂に入っていないのよ……」

「よしよし、言いつけを守ってウォシュレットは使っていないな。ああ、何ていい匂い……」

今日子が羞恥と刺激に声を震わせて言うと、無三も口に出しながら執拗に肛門を舐め、舌先まで潜り込ませているようだ。

法敬は痛いほど股間が突っ張り、激しい勃起に頭がクラクラしてきた。

部屋で、今日こそ生まれて初めてのオナニーをしてしまおうかと思った。

（い、いやいや、今日まで清らかに生きてきたのだから、生涯の伴侶と巡り合うまで我慢すべきだ……）

彼は思い、それでも明朝は夢精してしまうだろうなと思った。

「い、入れて……」

やがて今日子が言うと、無三も彼女の股間から移動し、仰向けになった。

すると入れ替わりに今日子が半身を起こし、屈み込んで屹立したペニスにしゃぶり付いたのである。

（うわ、今度は奥様があんなものを口に……）

法敬は息を呑み、あの上品で美しい今日子がチュパチュパとお行儀悪く音を立てて吸い付く様子を、信じられない思いで見た。

「はひひひ、いきそう、跨いで入れて……」

受け身になった途端、甘えるような声で無三が言ってクネクネと薄気味悪く身悶えた。

すると今日子もスポンと口を引き離し、自らの唾液にまみれたペニスに跨がっていった。

なるほど、無三は巨体なのでのしかかるより、女上位が主流のようだった。

「アアッ……！」

ヌルヌルッと一気に根元まで受け入れた今日子が喘ぎ、股間を密着させて身を重ねていった。無三も下から両手を回して抱き留め、ズンズンと股間を突き上げはじめた。

「ああ、気持ちいい……、ツバを飲ませて……」

無三が言うと、いつものことなのか、今日子もためらいなく形良い唇をすぼめ、白っぽく小泡の多い唾液をトローリと彼の口に吐き出したのだ。

「おいちーっ……、顔中にもペッペして……」

無三が猫なで声で言うと、今日子も住職の顔に向けて何度か強く唾液を吐きかけた。

(な、なんと、修行を積んだ住職の顔に唾をかけるなんて……)

法敬は驚きに目を瞠《みは》ったが、自分もされたいと思ってしまった。

「い、いくう……！」

たちまち無三が昇り詰め、少し遅れて今日子も狂おしい痙攣を開始した。

「き、気持ちいい……、ああーッ……！」

今日子はガクンガクンと全身を揺すって声を上ずらせ、見ていた法敬は女性のオルガスムスの激しさに呼吸すら忘れていた。

やがて静かになると、法敬も去りどきと思い、そろそろと襖の前を離れ、足音を忍ばせてキッチンを通過した。

と、その時である、トイレの中から音がしたのだ。

(まさか、お嬢様……？)

法敬はビクリとしたが、もちろん音を聞くような度胸はない。そのまま忍び足で離れへと戻ったが、新たな不安が湧いた。

(お嬢様がトイレに入ったということは、そのとき私が、廊下で覗き見しているところを見られたのではないだろうか……)

法敬は布団に潜り込みながら、あれこれとシミュレーションしてみた。

トイレのドアは廊下に面している。今日子の喘ぎ声は外まで聞こえたから、真希だってそちらの方に目を遣ったかもしれない。

そのとき、屈み込んで覗いている自分の姿も見られた可能性が高かった。

法敬は居ても立ってもいられない思いで身悶え、すっかり興奮も覚め、寝つけない一夜を過ごしたのであった。

2

(あ、朝か……)

法敬は、携帯の目覚まし音で目を開けた。不安に寝つけなかったが、やはり日頃の疲れから、いつの間にか寝入っていたのだろう。

寝巻はシャツとトランクスだ。起き上がってそれを脱ぎ、新たな下着とシャツを着て、その上から濃紺の作務衣を着た。

そして布団を畳み、押し入れに突っ込んだ。押し入れの下段には着替えなどの私物があり、あとは机と本棚だけである。

机にはパソコンが置かれ、あとはいたってシンプルな部屋だった。

洗い物を持って母屋へ行くと、キッチンで今日子が朝食の仕度をしていた。無三はまだ寝ているようだ。

「おはようございます」

「おはよう」

頭を下げて言うと、今日子もいつもと同じ透き通った笑顔で、白い歯を見せて答えた。この清らかな美女が、昨夜は熟れ肌を悶えさせ、激しく喘いで昇り詰めたのだと思うと、股間が熱くなってしまった。

しかし真希に見られたのではという不安のせいか、夢精はしていなかった。

そのままトイレに入り、いつものように大小を済ませてから、脱衣所に行き、洗濯機にシャツと下着を入れ、歯を磨いた。

洗濯機の中には、今日子や真希の下着もあるだろう。

いけないと思いつつ、どんな匂いがするのか熱烈に知りたくなり、歯を磨きながら彼はそっと中を探ってしまった。

最初に手にしたのが、無三のパンツだったので、思わず吐きそうになって法敬は口をすすいだ。

顔を洗ってタオルで拭き、もう一度探ると、間違いなく色っぽく薄い生地のショーツが手に触れた。

今日子のものだろう。裏返して観察すると、食い込みの縦皺と、ほんの微かなシミが認められ、思わず鼻を埋め込んでしまった。

(い、いや、いけない……!)

甘酸っぱいような汗とオシッコの匂いを感じただけで猛烈に勃起してしまい、法敬は慌てて下着を元に戻した。これからキッチンで朝食をいただくのだから、勃起が治まらないと困る。

この楽しみは、心を溺れさせそうな魅惑と恐怖があった。

(するなら、留守番で一人きりの時だな……。いや、いけない……!)

迷いつつ、何とか興奮を静めて脱衣場を出ると、法敬は食卓に就いた。

無三はろくに朝の勤行もせず、ブランチで済ませることが多く、真希も今日は午前中の授業がないのか、まだ寝ているらしいので、朝食は今日子と二人きりだった。

「いただきます」

合掌して言ってから食事をしはじめたが、法敬は緊張で喉に詰まらせそうになった。

今日子は彼に構わず、流しに向かって洗い物をしていた。スカートごしの豊満なお尻を見ると、やはり奥を舐めてみたいと思ってしまった。

この寺に来て半月。今までは淡い憧れはあったが、このような気持ちになったのは初めてだった。

やはり、昨夜見たものが大きく影響しているのだろう。

やがて食事を済ませると、一礼して法敬は部屋に戻った。そして自分の部屋をざっと掃除してから、バケツに水を汲み、本堂の掃除にかかった。

雑巾がけをし、千手観音《せんじゅかんのん》の埃を払った。

(千の手で愛撫されたら……、いや、いかんいかん……)

彼は美しい観音像を見て思い、慌てて首を振った。

しかし千手観音は、その多くの手で、万人の救済をしてくれるというではないか。性欲の煩悩も解消してくれるのではないだろうか。

本尊の千手観音は、実際に千本の手があるわけではなく、十一面に四十二臂であった。

さらには欄間《らんかん》にある、楽器を鳴らす天女の浮き彫りさえ、やけに艶めかしく見えてしまった。

そんな法敬を、片隅に鎮座している閻魔《えんま》大王の木像が睨み付けていた。

小一時間かけて本堂の掃除をすると、今度は庫裡の渡り廊下と宿坊だ。

宿坊は、廊下の片側に六畳間が三つ並び、襖を外せば大広間として使える。

日頃は、法要に来た檀家の休憩所なのだが、間もなく真希の大学の陸上部が合宿に使うようだった。

それも楽しみではあるが、まだ彼は真希に見られたのではないかという不安が去らなかった。

宿坊はざっと掃除をし、あとは廊下を拭き、外に出て墓地の掃き掃除だ。

毎日しているから屋内は割に簡単で良いが、外は落ち葉や鳥の落とし物などがあり、広くて何かと大変である。

しかし実家も寺なので慣れており、墓地を恐いと思ったことはなかった。

竹箒《たけぼうき》で本堂の庭を掃いていると、朝食を終えたらしい真希が出てきた。これから自転車で駅まで行き、そこから女子大へ行くのである。

「おはようございます」

「おはよう。いい天気ね」

頭を下げて言うと、真希もにこやかに答えた。

今日子に似た美形で、ショートカットの活発な陸上部員である。スカートとハイソックスの間の絶対領域、その小麦色の太腿がムチムチと躍動して自転車のペダルを動かしていた。

後ろ姿を見送り、法敬は残り香を求めるように小鼻を脹らませた。

(大丈夫かな……)

今の笑顔なら、昨夜のことは見ていなかったのだろうと思った。

そうなると急に安心し、あとは昨夜見たものに専念しながら、彼は墓地の掃除をした。

掃除だけで午前中が終わり、手を洗ってから昼食でキッチンに行くと、無三が食事していた。

「ホウケイ。今夜は寄り合いで一杯やりに行くが、一緒に来るか?」

無三は、いつも彼を音読みで呼ぶ。

その方が坊主らしいからなのだが、本当に包茎の法敬はきまりが悪かった。まして、美しい今日子の前なのである。

「い、いえ、夜はこないだお借りした本を読まないとなりませんので」

「そうか。まあいい、今は修行が一番だからな」

無三は丸メガネを押し上げて言い、手早く食事を終えると自分の部屋へ戻ってしまった。

「どうせホステスに囲まれて、いい気になって高いお酒を飲むだけですよ。行かなくて正解だわ」

今日子が笑いながら言い、彼の食事の仕度をしてくれた。

「無三という法号も、金と女と酒の欲を断つという意味らしいけど、三つとも全部好きなんだから。ホステスさんたちに、『むーさん』なんて呼ばれて、実際は陰で無責任に無節操で無神経なんて言われているんですよ」

「ははあ……」

法敬は曖昧に答えて食事しながら、無三を羨ましく思った。酒好きで女好きの彼を悪く言いながらも、今日子の無三への、そこはかとない愛情が感じられるのである。

やがて食事を終えると、少し休憩してから、法敬は本堂へ行って無三と一緒に読経を上げた。

母屋の掃除は今日子の領分で、当然ながら法敬は真希の部屋のある二階には上がったことがない。

そして一通り読経を終えると、明るいうちに無三は出かけてしまった。今日子が車で送り、そのまま一緒に買い物をするらしい。

これで夕方まで法敬一人きりだ。今日子は夕方に車で戻り、無三は夜中になるだろう。

(どうしよう……、試してみようか……)

法敬は、オナニーを最後までしようかどうか迷った。

残念ながら、洗濯機の中のものは全て洗われて庭に干されているので、今日子や真希の下着を漁ることはできない。

今日子や真希の部屋に忍び込んで、枕やシーツでも嗅いでオナニーしてしまおうかとも思ったが、それはさすがに仏の道に仕えるものとして、できることではなかった。

(男として、機能が成熟しているのに自分の手で出すことは、いけないことなのだろうか。それとも悩むのは修行が足りないからなのだろうか……)

法敬は、中学時代からずっと迷ってきたことを、また悶々として思った。

しかし、そろそろ本気で出しておかないと、夢精ばかりでは間に合わなくなるだろう。その夢精パンツにしろ、今日子に洗ってもらうのが何より後ろめたいのである。

だが溜まりに溜まっていると、何かの拍子に手を触れなくても暴発してしまうかもしれない。それが今日子との食事中だったり読経の最中だったりしたら、快感などよりも落ち込んで立ち直れなくなるだろう。

（うん、やはり定期的に自分で出しておかないといけないのじゃないか……）

法敬は、二十二にもなって、ようやくその結論に落ち着いた。

自室で布団を敷き、作務衣を脱いでいよいよ人生初のオナニーをしようと決心したとき、玄関の開く音がした。

3

（うわ……、まさかお嬢様が……？）

廊下に響く軽い足音を聞き、法敬は脱ぎかけた作務衣の紐を再び結んだ。

どうやら真希は、すぐに講義が終わって、真っ直ぐ帰ってきたようなのだ。

そして当の真希が、いきなり襖をノックして細く開けた。

「あ、お帰りなさいませ」

「法敬さん一人？」

「はい。奥様は和尚様を寄り合いのため車で送っていき、そのまま買い物に」

敷いたばかりの布団の上に正座し、法敬は律儀に答えた。

「そう。じゃ一人でのんびりお昼寝するところ？」

真希が布団を見て言う。

「い、いえ……」

「少しお話があるのだけど」

彼女は言い、部屋に入って来てしまった。

「は……、何か……」

「ゆうべ、見ちゃったの。法敬さんがママたちの寝室を覗いているところを」

「げ……！」

言われて、法敬は心臓を鷲掴みにされたような思いで奇声を発した。

真希の表情は、笑みを含んでいるようでもあるが、何とも心根は読めない。

「も、申し訳ございません……！」

法敬は土下座し、パニックを起こしながら言った。

「トイレの帰りに物音がしたので何事かと覗くと、生まれて初めて見る光景がそこにあり、どうにも我を忘れて見入ってしまいました。二度といたしませんのでどうかお嬢様の胸にしまっておいて下さいませ」

「お嬢様じゃなく、真希ちゃんでいいわ」

まくし立てる法敬に、真希が苦笑して言った。

「大丈夫よ。誰にも言ったりしないから。それより、真面目で大人しい法敬さんがパパとママのエッチを見ていたから、少し安心したわ。ちゃんと興味があるんだなって思って」

真希が彼の正面に座って言う。

無三をパパと呼んでいるから、この年頃にしては、デブ中年を毛嫌いしてはいないようだった。

まあ実父が駄目男だったから、そちらの方が嫌いだろうし、ずっと母子でアパートの一間暮らしだったから、こうして自分の部屋が持てる生活も気に入っているのだろう。

「でも、誰にも言わない代わりに、私の言うことをきいてほしいの」

「はい、どんなことでも言う通りにいたします」

言われて、法敬は平身低頭して答えた。ここを不祥事で追い出されたら、実家で厳格な父にどんな叱責を受けるか分からない。それには、真希に黙っていてもらう他ないのだ。

「じゃ、全部脱いでそこに寝て」

「え……？」

真希の言葉に、法敬は思わず聞き返して恐る恐る顔を上げた。

彼女は悪戯っぽい目をし、笑みを洩らしていた。産毛の輝く水蜜桃のような頬に愛らしい笑窪が浮かび、僅かに開いた唇からは、ウサギのように可愛い白く大きな前歯が覗いていた。

「さあ早く。何でも言うことをきくと言ったでしょう？　私、どうしても男の人の身体を見てみたいの。お友達はみんな体験者だし、私だけ処女だなんて恥ずかしくて誰にも言えないわ」

彼女は女子大に入って半月、女同士でもそうした際どい会話が飛び交っているようだった。

「は、はい……」

どうやら真希が冗談で言っているのではないと悟り、言いつけられたら堪らないので声を震わせて頷いた。

それに、真希も自分同様無垢というのが分かり、少し安心したのだ。体験者に悪戯されるのではなく、彼女は彼女で、法敬を最初に触れる男として選んでくれたのが嬉しかった。

彼は身を起こし、胸紐を解いて作務衣の上着を脱いだ。そしてシャツを脱いで立ち上がり、作務衣のズボンを下ろし、もう一度真希の表情を確認してから、下着も脱ぎ去って仰向けになった。

もちろん股間は両手で隠していた。

「手をどけて」

真希が言ってにじり寄り、彼の手を握って引き離した。

緊張と不安に萎縮したペニスが、恥毛に埋もれていた。

「まあ、小さいわ。恐いの？」

真希が言って熱い視線を注ぎ、無垢な指先でつまんできた。

「あうう……」

法敬は生まれて初めて他人に触れられ、電撃のような衝撃に奥歯を噛み締めて呻いた。

彼女も、最初は恐る恐る手を伸ばしていたが、いったん触れてしまうと度胸がついたように、ニギニギと動かして好奇心を前面に出してきた。

「く……」

刺激に呻くと、ようやくペニスがムクムクと反応してきた。

「前にお友達の家で見たＤＶＤのペニスとは違うわ。皮をかむっているのね」

真希は無邪気に言い、鎌首をもたげてきたペニスの包皮を剝き、張り詰めはじめた亀頭をクリッと露出させた。

「綺麗な色……、何だか美味しそう……」

真希の熱い視線と呟きに、ペニスは最大限に勃起してしまった。

そしてとうとう真希は、彼を大股開きにさせて真ん中に腹這い、可憐な顔を股間に迫らせてきたのだ。

さらに陰嚢《いんのう》をいじって二つの睾丸を確認し、袋をつまみ上げて肛門の方まで覗き込んできた。

法敬は無垢な視線と息を股間に受け、身も心もぼうっとなってしまった。

やがて真希は意を決したように顔を寄せ、チロリと舌を伸ばして先端を舐めてきたのである。

「あう……、い、いけません……、そんな、汚いです……」

「大丈夫。清潔にしてあるわ」

法敬が声を震わせて言うと、真希が答え、さらにチロチロと尿道口を舐め、滲む粘液をすすってくれた。

「アア……」

法敬は熱く喘ぎ、懸命に肛門を締め付けて暴発を堪えた。

しかし、二十二年間溜まりに溜まったザーメンは、すでに出口を求めてパニックを起こしかけていた。

真希は珍しい食べ物を前にしたように、もう口を離さず、亀頭全体にしゃぶりつきはじめていた。しかも包皮を剝いて亀頭を露出させているので、新鮮な果実でも食べているようだった。

熱い息が股間に籠もり、さらに彼女が喉の奥まで吞み込むと、温かな口の中で舌がからみついてきた。無垢な唇が幹を丸く締め付け、たちまちペニスは美少女の口の中で生温かな唾液にまみれながら震えた。

「ああ……、ダメです、いく……！」

法敬は声を上ずらせて口走り、無意識にズンズンと股間を小刻みに上下させてしまった。

するとと真希も、それに合わせて顔を動かし、濡れた口でスポスポと強烈な摩擦を繰り返してくれたのだ。

「アアーッ……！」

とうとう法敬は喘ぎながらオルガスムスに達してしまい、明け方の夢で見たような快感に包まれ、ヒクヒクとペニスを脈打たせた。同時に、溜まりに溜まった大量の熱いザーメンが、ドクンドクンと勢いよくほとばしり、美少女の喉の奥を直撃した。

「ク……、ンン……」

口の中に勢いの良い噴出を受け止めながら、真希が熱く鼻を鳴らした。

法敬は、生まれて初めて覚醒時に得た絶頂の快感に身を震わせ、とうとう最後まで出し切ってグッタリと放心状態になった。

すると真希は、亀頭を含んだまま、口に溜まった大量のザーメンをゴクリと飲み込んでくれたのだ。

「あう……」

嚥下とともに口腔がキュッと締まり、法敬は駄目押しの快感に呻き、ピクンと幹を震わせた。

やがて全て飲み干した真希はチュパッと軽やかな音を立てて口を離し、なおもしごくように幹を握り、尿道口から滲む余りのシズクまで丁寧にペロペロと舐め取ってくれたのだった。

4

「これがザーメンの味と匂いなのね……。少し生臭いけど、そんなに嫌な味じゃないわ」

身を起こした真希が、チロリと舌なめずりしながら感想を述べた。

女同士で、セックスばかりでなくザーメンを飲んだとかいうような話題も出ているのだろう。

しかし法敬は横向きになって身を縮め、いつまでも動悸が治まらず、我が身に起きた出来事の恐ろしさに両手で顔を覆って震えていた。

「うう、恐ろしい……。こんな無垢な美少女に排泄器官をしゃぶらせ、そのうえ飲ませてしまい、私の精子が生きたまま栄養にされていく……」

「そんな、いちいち説明しなくていいのよ」

法敬の呟きを苦笑して聞き、真希は言いながら自分も、てきぱきと服を脱ぎはじめてしまった。

荒い呼吸を整えながら指の間から見ていると、真希がブラウスを脱いでブラを外し、ぷりぷりと弾むオッパイが露わになり、ソックスを脱いで素足になり、スカートを下ろし、とうとう最後の一枚も脱いで、完全に一糸まとわぬ姿になって添い寝してきた。

「さあ、落ち込んでいないで。みんなすることなのよ」

四つも年下で同じく無垢な真希が言い、優しく腕枕してくれた。

法敬も美少女の二の腕に頭を当て、目の前に迫るオッパイを見ると、感極まったようにしがみついてしまった。

「ああ、こんなに美しいお嬢様に、こんなダサい男が抱かれている……」

「私、そんなに美しくないわ」

真希は言ったが、ダサいというのは否定しないようだった。

「吸って。大丈夫よ、罰は当たらないわ。むしろしなかったら私が傷つくから、その方が罪よ」

真希が、自ら張りのある膨らみを手で押し上げるようにして言い、薄桃色の乳首を彼の口に押しつけてきた。

法敬もそっと含んで吸い、チロチロと舌を這わせてみた。

「アア……、くすぐったくて、いい気持ち……」

真希が喘ぎ、無垢な膨らみをグイグイと彼の顔中に押しつけてきた。

法敬も顔中が美少女の柔肌に埋まり込み、心地よい窒息感の中、夢中になって舌で乳首を転がした。

膨らみは、巨乳の今日子ほどではなさそうだが、充分な豊かさと軟らかさを持ち、やや上向き加減で何とも形良かった。

入浴は昨夜で、今日は往復自転車を使い、大学でもあちこち歩き回ったのだろう。胸の谷間はほんのり汗ばみ、腋の下からも生ぬるく甘ったるい匂いが漂ってきた。

「あん……、強く吸うと痛いわ。もっと優しくして……」

真希が言い、夢中になっていた法敬は慌てて吸引を弱めた。

やはり処女は、刺激に敏感なのだろうと感動した。

そして腋の下から漂う汗の匂いばかりでなく、上から吐きかけられる真希の息も果実のように甘酸っぱい刺激を含み、その芳香に法敬は悩ましく胸を掻き回された。

「こっちも吸って……」

真希が腕枕を解き、仰向けになって言った。

法敬ものしかかるようにして、もう片方の乳首を含んで舐め回した。

顔を押しつけると、柔らかな膨らみが若々しく健康的な張りと弾力を伝え、奥からは忙しげな鼓動も感じられた。

「ああ、いい気持ち……」

真希はうっとりと喘いで言い、彼の坊主頭を優しく撫でてくれた。

もちろん法敬も、美少女の無垢な乳首を舐めているうち、すぐにもピンピンに回復していった。

そして彼は、左右の乳首を充分に舐めると、さらに自分から真希の腋の下に顔を埋め込んでいった。もし洗濯機にブラウスがあれば、真っ先に顔を埋めて嗅ぎたい場所なのだ。

腋の窪みはジットリ汗に湿り、ほんのり甘ったるい匂いが沁み付いていた。

美少女の体臭に酔いしれながら舌を這わせると、そこはスベスベで、淡い汗の味がした。

「ダメ、くすぐったいわ……」

真希が言って身をよじり、さらに彼の頭に手をかけると、下方へと押しやっていった。

法敬は滑らかな肌を舐め下り、真ん中に戻って愛らしい縦長のオヘソを舐め、張りのある腹部に顔を埋め込んだ。脂肪と腸の心地よい弾力が顔中に感じられ、さらに腰からムッチリした太腿にも舌を這わせた。

「お、お願い、ここも……」

真希は息を弾ませながら大股開きになり、大胆にも股間を指して言った。

法敬も彼女の股の間に腹這い、とうとう女体の神秘の部分に顔を迫らせてしまった。

白く張りのある内腿の間には、熱気と湿り気が籠もって、悩ましく彼の顔中を包み込んできた。目を凝らすと、ぷっくりした股間の丘には、楚々とした若草が恥ずかしげに煙っていた。

無垢な割れ目は、ゴムまりを二つ横に並べて押しつぶしたように丸みがあり、その間からは綺麗なピンクの花びらがはみ出していた。

「ひ、開いてみてもいいですか……」

「いいわ、好きなようにして……」

思わず股間から言うと、真希もすぐに答えてくれた。さすがに彼女も、生まれて初めての羞恥と緊張に声が震えていた。

法敬はそっと割れ目に指を当て、陰唇を左右にグイッと広げてみた。

「く……」

敏感な部分に触れられた真希が小さく息を呑み、ビクリと内腿を緊張させた。

中が丸見えになると、さらに法敬は凝視した。

ピンクの柔肉がヌメヌメと蜜に潤い、細かな襞が花弁状に入り組んだ膣口が妖しく息づき、その上にポツンとした尿道口の小穴も確認できた。

割れ目上部の包皮の下からは、真珠色の光沢を放つクリトリスがツンと顔を覗かせ、よく見ると亀頭を小さくしたような形をしていた。

「ああ……、恥ずかしいわ。そんなに見ないで……」

真希が、彼の熱い視線と息を感じながらか細く言った。

法敬は昨夜の無三のように、とうとう吸い寄せられるように顔を埋め込み、柔らかな恥毛に鼻を擦りつけて嗅いでしまった。

茂みの隅々には生ぬるく甘ったるい汗の匂いが籠もり、下の方に行くにつれ、ほのかな残尿臭が悩ましく鼻腔を刺激してきた。

(これが、美少女の股間の匂いなんだ……)

法敬は感激とともに思い、その匂いを充分に胸に刻みつけながら舌を這わせていった。

陰唇の表面から、徐々に内側に差し入れて蠢かすと、生ぬるく淡い酸味のヌメリが舌を迎えてくれた。汗かオシッコの味かと思ったが、それはどうも愛液の味らしかった。

舌先でクチュクチュと膣口の襞を掻き回して味わい、滑らかな柔肉をたどってクリトリスまで舐め上げていくと、

「アアッ……!」

真希が声を上げ、内腿でムッチリときつく彼の両頰を挟み付けてきた。

やはりクリトリスが最も感じるようで、法敬はチロチロと舐め回しながら目を上げた。

茂みの向こうで白く滑らかな下腹がヒクヒクと波打ち、可愛いオッパイの間から真希の仰《の》け反《ぞ》る色っぽい表情が見えた。

舐めるごとに生ぬるいヌメリが増してゆき、法敬も美少女の股間に顔を埋めているという状況に燃え、もがく腰を抱えて執拗に舌を蠢かせた。

さらに昨夜無三がしたように、真希の両脚を浮かせ、逆ハート型の形良いお尻の谷間にも迫った。

そこには可憐な薄桃色のツボミが、襞を震わせてキュッと羞じらいに閉じられていた。

鼻を埋め込むと、顔中に双丘がひんやりと密着して弾み、ツボミに籠もった秘めやかな微香が感じられた。

法敬は美少女の恥ずかしい匂いを貪り、何度も深呼吸してから舌先でくすぐるようにツボミを舐め回した。そして襞が唾液に濡れると、舌先を潜り込ませ、ヌルッとした滑らかな粘膜も味わった。

「あう……」

真希が呻き、キュッと肛門で彼の舌先を締め付けてきた。

法敬は執拗に内部で舌を動かし、充分に味わってから彼女の脚を下ろした。

再び割れ目に舌を戻すと、そこは新たな愛液にヌラヌラとまみれ、クリトリスを舐めると真希の反応も激しくなっていった。

「ああ……、き、気持ちいいわ……、ねえ、お願い、入れて……」

真希が声を上ずらせて言い、法敬も彼女の股間から顔を引き離したが、やはりためらいがあった。

5

「で、できません。私からお嬢様の処女を奪うなんて……」

法敬が声を震わせて言うと、真希が身を起こし、すでに回復して元の硬さと大きさを取り戻しているペニスをチラと見た。

「いいわ、じゃ私が法敬さんの童貞を奪うから。それならいいでしょう」

彼女は言い、入れ替わりに法敬を仰向けにさせた。

「あ、ちょっとだけ、ここを……」

法敬は言って、真希の足首を摑んで顔に引き寄せた。美少女の足裏も、やはり味わっておきたい重要な場所だった。

仰向けのまま彼女の足裏を顔に押し当てると、

「あん……」

真希は後ろに手を突き、彼の顔に足を乗せて喘いだ。

足裏は生温かく、ほんのり湿り、顔中に受け止めると何とも言えない心地よさと興奮が湧いた。何やら、女神様に踏まれている邪鬼にでもなったような気分である。

踵から土踏まずまで舐めると、さすがに陸上部で鍛えているだけあり、可憐な顔の割に足裏は逞しかった。

縮こまった指の股に鼻を割り込ませると、そこは汗と脂にジットリ湿り、ムレムレの匂いが悩ましく籠もっていた。

（ああ……、いい匂い……）

法敬はうっとりと嗅ぎながら思い、爪先にしゃぶり付いて順々に指の間に舌を割り込ませていった。

「あう……、くすぐったいわ……、汚いのに……」

真希が声を震わせて言い、彼の口の中で爪先を縮めた。

法敬はもう片方の足にもしゃぶり付き、味と匂いを堪能したのだった。

すると真希が足を引っ込め、彼のペニスに屈み込んで、再びパクッと亀頭を含み、たっぷりと唾液に濡らしてくれた。

「く……」

さっき出したばかりだから、いきなり暴発する心配はないが、法敬は快感に呻き、キュッと肛門を締め付けた。

真希もヌメリを補充しただけですぐに顔を上げ、自転車にでも乗るように、ヒラリと彼の股間に跨がってきた。

そして自らの唾液にまみれた先端を、割れ目に押し当てながら膣口に位置を定め、息を詰めてゆっくり腰を沈み込ませてきた。

張りつめた亀頭が処女膜を丸く押し広げながらズブリと潜り込むと、あとは真希も自分の重みと潤いに身を任せて、ヌルヌルッと一気に根元まで受け入れていった。

「アアッ……!」

彼女がビクッと顔を仰け反らせて喘ぎ、ペタリと座り込んで股間を密着させてきた。法敬も、股間に美少女の重みと温もりを感じながら、肉襞の摩擦ときつい締め付けを噛み締めた。

何という快感だろう。

口に出したときも溶けてしまいそうな極楽気分だったが、やはり膣内は、ペニスの最良の居場所という感じがした。そして一つになり、互いに快感を分かち合うことが最高なのだと実感した。

さっき口に出していなかったら、この挿入の摩擦快感だけで、あっという間に果てていたことだろう。

それほど、熱く濡れて締まる膣内は心地よすぎた。

真希も、彼の胸に両手を突っ張り、上体を反らせ気味にして身を強ばらせていた。おそらく処女を失った感慨に耽り、破瓜の痛みとともに初めての男を嚙み締めているのだろう。

じっとしていても、膣内は息づくような収縮が繰り返され、刺激されるたびペニスがヒクヒクと快感に震えた。

「あうう……、動いているわ……」

真希が言い、やがてゆっくりと身を重ねてきた。

法敬も両手を回して抱き留め、密着する肌の感触と温もりを味わった。

すると真希が、上からピッタリと唇を重ねてきた。

柔らかな唇が密着し、唾液の湿り気が伝わった。

真希の吐き出す甘酸っぱい息の匂いが心地よく鼻腔を刺激し、法敬は激しく高まってきた。

触れ合ったまま口が開き、真希の舌がヌルッと挿し入れられた。

法敬も舌をからめ、生温かく清らかな唾液のヌメリと、滑らかな感触にうっとりと酔いしれた。

「ンン……」

彼が舌を潜り込ませると、真希も熱く鼻を鳴らし、チュッと吸い付いてきた。

やがて美少女の唾液と吐息をすっかり堪能すると、真希がクチュッと唇を引き離した。

「何だか、ファーストキスが、いろいろした後の最後になっちゃったわね……」

彼女が囁き、様子を探るように、そろそろと腰を動かしはじめた。

何しろ潤いが豊富なので、次第に動きが滑らかになってゆき、クチュクチュと湿った摩擦音も聞こえてきた。溢れた分が陰嚢までネットリと濡らし、彼も股間を突き上げはじめた。

「アア……」

「い、痛くないですか……」

彼女が喘ぐので、法敬は絶頂を迫らせながら気遣って囁いた。

「大丈夫よ。もっと強く突いても……」

真希が答え、次第に法敬も快感に任せ、ズンズンと激しく股間を突き上げてしまった。

「ああ……、奥が熱いわ……」

真希も、痛みよりはようやく初体験をした感動に浸っているように言った。

「ああ……、こんな美少女が、こんなダサい男と交わっている……」

「私、美少女じゃないわ……」

法敬が言うと真希は答え、またダサい方は否定せずスルーされてしまった。

「どうか、ツバを出して……」

法敬は、昨夜の無三の気持ちが分かる気がし、思わずせがんでしまった。

「飲むの？　恥ずかしいけれど、いいわ……」

真希も、さすがに何でも言うことをきいてくれる今日子の娘だけあり、さしてためらいなく愛らしい唇をすぼめ、白っぽく小泡の多い唾液をトロトロと大量に吐き出してくれた。

それを舌に受け、生温かな粘液を味わった。細かに弾ける小泡の一つ一つにも甘酸っぱい芳香が含まれているようで、法敬はうっとりと喉を潤した。

「顔中にも強く吐きかけて……」

「そんな、お坊様になる人にできないわ……」

「お願い、お嬢様のツバで清められたい……」

言うと、真希も腰を遣いながらペッと吐きかけてくれた。湿り気ある果実臭の息とともに、生温かな唾液の固まりが鼻筋を濡らし、トロリと頬の丸みを伝い流れた。

すると真希が舌を這わせ、それを拭い取ってくれた。いや、拭うというより舌で顔中に塗り付ける感じで、法敬は美少女の唾液でヌルヌルにまみれ、甘酸っぱい匂いの中で昇り詰めてしまった。

「い、いく……!」

突き上がる快感に口走り、法敬は真希への気遣いも忘れて激しく股間を突き動かしてしまった。

同時に、熱い大量のザーメンがドクンドクンと内部にほとばしり、きつい膣内の動きがさらにヌラヌラと滑らかになった。

「ああ……、熱いわ……、出ているのね……」

奥を直撃するザーメンの噴出を感じたか、真希が飲み込むようにキュッキュッと締め付けながら言った。

法敬は心ゆくまで快感を味わい、最後の一滴まで出し尽くした。

とうとうオナニーをする前に、美少女の口と膣に出し、いきなり童貞喪失してしまったのだ。このような展開は、ついさっきまで夢にも思っていなかったことだった。

「ああ……」

法敬は声を洩らし、ようやく動きを止めてグッタリと身を投げ出した。

まだ収縮する膣内に過敏に反応し、ヒクヒクと内部で幹を跳ね上げた。

そして彼女の重みと温もりを感じ、甘酸っぱい息の匂いを間近に嗅ぎながら、うっとりと快感の余韻に浸り込んだのだった。

体重を預けて重なっていた真希も、荒い呼吸を繰り返していたが、やがてヌメリと締まりの良さに、ヌルッとペニスが押し出されてしまった。

彼女が横になると、法敬は脱力感と懸命に戦って身を起こし、ティッシュで手早くペニスを拭い、割れ目に顔を寄せていった。

花びらが痛々しくめくれ、膣口から逆流するザーメンに、うっすらと血の糸が走っていた。

「血が出ている……？」

「ええ、ほんの少しだけ」

訊かれて答え、法敬は優しくティッシュを当て、処女を失ったばかりの割れ目を拭き清めてやったのだった。

第二章　住職の妻

1

「やだなあ研修だなんて……、坊主ばっかりで色っぽくないし……」

朝食のとき、無三がぼやいていた。どうやら今日から、地方にある総本山に出向かなければならないようだ。

「ご自分だって坊主じゃないですか。何日間ですか」

「三日間」

「それなら三日坊主でちょうどいいじゃありませんか」

今日子が笑いながら言い、法敬にも食事を出してくれた。

「お線香を上げるより、お万香の方がいいなあ」

「これ!」

「仕方ない。行くか。今さら仮病も使えないし……」

今日子に叱られた無三は観念して言い、食事を終えると仕度をした。そして今日は今日子の車ではなく、ハイヤーを呼んで出かけてしまった。

法敬は食事を終えると自室や本堂、宿坊や庭の掃除をした。

無三がいない間も生活に変わりはなく、一人で読経も行ない、書道の練習を兼ねた写経も熱心にした。

しかし一人になると、どうしても真希との初体験のことばかりが思い出され、心が乱れてしまった。

感触や味や匂い、彼女の反応などを一つ一つ思い出しては激しく勃起したが、相変わらずオナニーでの処理は自戒していた。それは、清らかでありたいということではなく、どうせ出すなら、また真希と一緒にしたいと思い、一回分でも多く実体験のために取っておきたいからだった。

しかし真希と顔を合わせても、表情は全く今までと変わりなく、何事も無かったかのような態度だった。

一度の体験で、気が済んでしまったのだろうか。それとも月の障りでも始まったのか、とにかく法敬は次の機会を心待ちにしていた。

そして翌日のこと、真希が合宿準備のため、陸上部の仲間の家に一泊することになった。

だから、翌日まで法敬は、今日子と二人きりとなったのである。

「少し髪が伸びたわ。剃ってあげましょうね」

と、昼過ぎに今日子が言い、盥《たらい》に湯を張って彼の部屋に持ってきた。

「は、はい……」

法敬は、緊張気味に答え、好意に甘えることにした。今日子は、年中無三の頭を剃っているので慣れているだろう。

今までは、法敬は風呂のときT字剃刀で自分で剃っていたが、やはり耳の裏側などやりにくい部分があり、たまに剃り残しもあったのだ。

作務衣姿で端座すると、今日子が後ろから蒸しタオルをかぶせてくれ、剃刀を用意した。

やがてタオルを外してシェービングクリームを塗り、頭頂部から丁寧に剃りはじめてくれた。

頭に触れる指だけでなく、たまに彼女の甘い息がうなじをくすぐり、背中に巨乳が押しつけられてくることもあった。

今日子は黙々と剃り、耳の周りも優しく慎重に剃っては、剃刀を盥の湯ですすいだ。

そして、ほぼ剃り終えると指の腹で剃り残しがないか頭のあちこちを撫で、埃でも付いたか、フッと息をかけてきたのだ。

今日子の息は生温かく湿り気があり、白粉のように甘い匂いがした。

「あう……」

いきなり吐息をかけられ、法敬は思わず声を洩らしビクッと肩をすくめてしまった。

「まあ、ごめんなさい。そんなに感じるの……？」

激しい反応に、今日子が驚いたように言った。

「も、申し訳ありません……。初めてのことですので……」

「何が初めてなの。女に触れられるのが？」

「は、はい……」

法敬は言われるまま、無垢を装って答えた。

今日子も、まさかこの同じ部屋で数日前、娘が処女を散らしたなど夢にも思わないだろう。

「じゃ、高校も大学も、まったく女性とは……?」

「ええ……」

「そう。うちの人に聞かせてやりたいわ。お坊さんは真面目が一番だから」

今日子は、剃刀を置いたが、まだ彼の頭を撫でながら言った。

「でも、人として当たり前のことも知らないと、人の相談には乗ることもできないわ」

彼女の声が、次第に秘密めくような囁きになり、指ではなく生温かく滑らかなものがヌルリと後頭部に触れてきた。

それは、今日子の舌だった。

息がかかり、舌が滑らかに剃りたての頭を舐め回してきた。

「ああ、スベスベでいい気持ち……」

今日子がうっとりと囁き、舌ばかりでなく頬ずりもしてきた。

法敬は身を強ばらせながら、まるで頭が亀頭と化し、脳天から射精しそうなほど興奮してきてしまった。

さらに今日子が、後ろから両手を回してしがみついてきた。

「欲しいわ。年下の無垢な男の子なんか初めて。何でも教えてあげる……」

耳に口を付けて熱く囁かれ、法敬はどうして良いか分からず、ただ肩をすくめてじっと身を強ばらせていた。

もちろんこの寺へ来てから法敬は、可憐な真希以上に大人の女性である今日子に憧れ、夢精でも今日子らしき美女に手ほどきを受ける内容が圧倒的に多かったのだ。

しかし相手は、世話になっている住職の妻なのである。法敬は、強い欲望とためらいの間で揺れた。

「初めてが私じゃ嫌なら諦めるわ」

「い、嫌じゃないです……」

甘い息で囁かれ、思わず法敬は答えていた。

「そう、それなら良かったわ。誰もがすることが、修行の妨げになるようではいけないわ。まず知っておかないと」

今日子は言い、彼の背中から離れて立ち上がった。

「じゃ、全部脱いで」

彼女は言って押し入れを開け、彼の布団を敷き延べた。

さすがに、夫婦の寝室はためらいがあるのだろう。

そして今日子がブラウスのボタンを外しはじめたので、法敬も夢のような興奮に指を震わせながら作務衣を脱いでいった。

まさか、今日子と二人きりのときめきを思っていた矢先、このような展開になるとは、よほど自分の女性運が絶大になってきたのだろうと感じた。あるいは、それは無三の持つ淫のオーラが、彼にまで影響を及ぼしているのではないだろうかとさえ思えた。

たちまち全裸になり、布団に横たわったが、あまりの感激と緊張に、ペニスは萎縮していた。

やはり真希との無垢同士とは感覚が違い、法敬は今こそ童貞を捨てるような気持ちになった。

興奮して見上げていると、今日子も見る見る白く滑らかな熟れ肌を露わにしてゆき、ぷるんと弾むような巨乳が現れた。

たちまち、服の内側に籠もっていた熱気が、ほのかな甘い匂いを含んで室内に漂ってきた。そして今日子は、最後の一枚を脱ぎ去り、一糸まとわぬ姿になって彼に向き直った。

「まあ、可哀想に、縮んでいるわ。恐いの?」

今日子は、真っ先に彼の股間に目を遣って座り込んできた。

そしてやんわりとペニスをつまみ、感触を確かめるように優しく揉んでから、包皮を剝いてくれた。

やはり心の中で、本当に包茎なのねと思っているに決まっている、と法敬は思った。

「美味しそうな綺麗な色……」

今日子は、露出した亀頭を見て、真希と同じようなことを言った。やはり母娘は真っ先に注目するところも似ているのだろう。

「オナニーは、どれぐらいするの?」

「い、一度も……」

美しい今日子の口から、綺麗な声でオナニーと言われ、法敬はドキリと胸を震わせながら小さく答えた。

「まあ……、そんなに自分を縛り付けたらダメよ。身体に悪いから、たまには出さないと。せめて日に一回か二回ぐらいは」

今日子は、恐らく無三の射精回数を参考にして言っているのだろう。

「じゃ、すぐに出てしまうだろうから、最初にお口でしてあげましょうね。うんと濃いのを私に頂戴。どうせすぐできると思うわ」

今日子は言い、やはり真希と同じように真っ先に屈み込んできた。

その期待と指の愛撫に、いつしか法敬自身はピンピンに勃起し、艶のある亀頭をはち切れそうに張り詰めさせていたのだった。

2

「まあ、すごく硬くなってきたわ。感じているのね、嬉しいわ」

今日子は熱い息で囁き、大股開きにさせた法敬の股間に腹這いになって、美しい顔を近づけてきた。

セミロングの黒髪にサラリと内腿を撫でられ、法敬は期待にヒクヒクと幹を震わせた。

今日子は両手でペニスを挟むように支え、先端に舌を這わせてきた。

恐る恐る股間を見ると、まるで巨大な牝豹が骨片でも持って、先っぽをかじっているように貪欲な感じがした。

「ああ……」

尿道口を舐められ、法敬は快感に喘いだ。

今日子も舌先で、尿道口から滲む粘液を舐め取り、張りつめた亀頭全体にもヌラヌラと舌を這わせてきた。

そのまま幹の裏側を舐め下り、緊張に縮こまった陰嚢にも満遍なく舌を這わせて、二つの睾丸を転がしてくれた。

「く……」

ゾクゾクと震えが突き上がるような感覚に呻くと、さらに今日子は彼の両脚を浮かせ、肛門まで舐めてくれたのだ。

入浴は昨夜で、今日はトイレの時も洗浄機を使ったが、綺麗になっているだろうかと気になった。しかし今日子は厭わずチロチロと舐めて濡らし、ヌルッと舌先を潜り込ませてきたのだ。

「あう……」

法敬は、美女に犯される感覚で呻き、モグモグと肛門で舌を締め付けた。

今日子は熱い鼻息で、唾液に濡れた陰嚢をくすぐりながら、内部で執拗に舌を蠢かせてくれた。

ようやく引き抜くと彼の脚を下ろし、再びペニスの裏側を舐め上げ、スッポリと呑み込んできた。

根元まで含むと、先端がヌルッとした喉の奥のお肉に触れ、ペニス全体が温かく濡れた美女の口腔に包まれた。熱い鼻息が恥毛をそよがせ、唇がキュッと丸く幹を締め付けた。

さらに内部では、クチュクチュと舌がからみつき、たちまちペニス全体は生温かく清らかな唾液にどっぷりと浸った。

「アア……」

法敬は、急激に高まりながら喘いだ。さすがに、無垢だった真希の手探りのような愛撫とは格段に違っていた。

しかも今日子はスポンと口を引き離し、たわわに実って揺れる巨乳の間にペニスを挟み、両側から艶めかしく揉みながら、俯いて長い舌を伸ばし、先端を舐め回してくれた。

そして温かく柔らかな膨らみの谷間で充分に愛撫してから、再び喉の奥まで呑み込んできたのだ。

「い、いきそう……」

法敬が降参するように口走り、無意識にズンズンと股間を突き上げると、今日子も顔を上下させ、濡れた口でスポスポとお行儀悪く摩擦とおしゃぶりを続けてくれた。

もう限界である。

たちまち法敬は大きな快感の渦に巻き込まれ、幹を震わせて勢いよくドクドクと射精してしまった。

「ンン……」

今日子が喉の奥に噴出を受け止めながら熱く鼻を鳴らし、さらにチューッと吸い出してくれた。強く吸われると、脈打つようなリズムが無視され、何やらペニスがストローと化し、意思と関わりなく陰嚢から直接吸い出されているような激しい快感が突き上がった。

「あうう……」

法敬は、魂まで吸い取られるような快感に呻き、降参するようにクネクネと腰をよじらせた。

やがて全て出し切ってグッタリとなると、今日子も強烈な吸引と摩擦を止め、含んだままゴクリと飲み干してくれた。

また口腔がキュッと締まり、法敬は駄目押しの快感にウッと息を呑み、ピクンと幹を震わせた。

ようやく口を離すと、今日子は尿道口に脹らむ白濁のシズクを丁寧に舐め取り、余りまで全て綺麗にしてくれた。その舌の刺激に、射精直後の亀頭がヒクヒクと過敏に反応した。

今日子は顔を上げ、そのまま添い寝してきた。

「さすがに濃いわ。いっぱい飲めて嬉しかったわ……」

甘く囁き、優しく腕枕してくれた。

法敬も豊満な胸に抱かれ、甘い匂いに包まれながらうっとりと快感の余韻を噛み締めた。

「気持ち良かったでしょう？　快感を求めるのは決して悪いことではないのよ」

言われて、法敬も彼女の胸で小さく頷きながら荒い呼吸を整えた。

すると今日子が顔を寄せ、剃りたての頭をチロチロと舐めてくれた。

「ああ……」

「感じる？　今度は法敬さんがしてね……」

今日子が言い、豊かに息づく膨らみを彼の顔に突きつけてきた。

大きさに合わせ、乳輪はやや大きめだと思えるが淡い桜色で、乳首もツンと突き立っていた。

チュッと含んで舌で転がすと、

「アア……、いい気持ち……」

今日子が喘ぎ、グイグイと膨らみを彼の顔中に押しつけてきた。

法敬は心地よい窒息感の中で吸い付き、恐る恐るもう片方のオッパイにも指を這わせていった。

「噛んで……」

今日子が言うので、法敬は驚いた。真希は少し吸っても痛がったが、やはり大人の女性は強い刺激の方がよいのだろう。

そっと前歯で乳首を挟み、コリコリと愛撫すると今日子の身悶えが激しくなっていった。

やはり無三と違い、無垢と思っている青年にされるのは格別なのだろう。

もう片方も吸おうと思ってのしかかろうとすると、今日子の方から覆いかぶさり、もう片方の乳首を彼の口に押しつけてきた。

法敬は左右の乳首を順々に舐め回し、軽く歯で刺激した。

さらに、甘い匂いを求めて腋の下に顔を埋め込んでいくと、何とそこには色っぽい腋毛が煙っていたのだ。

無三の趣味なのか、あるいは夏場だけ手入れをするのかもしれない。

鼻を擦りつけると、ほんのり生温かく湿った腋毛の隅々には、ミルクのように甘ったるい汗の匂いが濃厚に籠もっていた。

法敬は胸いっぱいに美女の体臭を嗅ぎ、恥毛に似た感触を堪能した。

「ああ……、もっと、いろいろして……」

やがて今日子が仰向けになり、身を投げ出して言った。

ようやく法敬も上からのしかかり、もう一度左右の乳首を含んでから、滑らかな熟れ肌を舐め下りていった。

張りのある腹部に顔を押しつけ、心地よい弾力を味わってから色っぽいお臍に迫った。

白い肌が四方に均等に張り詰めているため、お臍は実に形良く、鼻を埋め込んで嗅ぐとほのかな汗の匂いがした。

舌も挿《さ》し入れてクチュクチュと味わい、さらに張りつめた下腹から豊満な腰、ムッチリとした太腿へと舌でたどっていった。

スベスベの脚を舐め下り、丸い膝小僧から滑らかな脛をたどり、足首まで行った。そして足裏に顔を押しつけ、踵から土踏まずまで舐め上げ、指の股に鼻を割り込ませて嗅いだ。

さすがに帰宅直後の真希ほどではないが、それなりに指の間は汗と脂に湿り、蒸れた匂いが程よく沁み付いていた。

充分に匂いを貪ってから爪先にしゃぶり付くと、

「あん……、そんなところを舐めてくれるの……?」

今日子が驚いたように言ったが、拒みはしなかった。無三は爪先ぐらい舐めているだろうが、無垢な法敬がしたので、少し驚いたのかもしれない。

法敬は桜色の爪を嚙み、全ての指の間にヌルッと舌を割り込ませて味わい、もう片方の足も味と匂いが薄れるまで貪り尽くしてしまった。

そして腹這い、脚の内側を舐め上げながら股間へと顔を進めていくと、今日子も両膝を全開にしてくれた。

うっすらと静脈の透ける白い内腿を舐め、顔中を押しつけて感触を味わうと、割れ目から漂う熱気と湿り気が、誘うように鼻腔を刺激してきた。

中心部に目を凝らすと、そこに真希とは違う成熟した大人の女性の割れ目が艶めかしく息づいていた。

ふっくらした股間の丘には、黒々と艶のある恥毛が密集していた。大股開きにさせると、陰唇を指で広げなくてもハート型に開き、中が覗いていた。

襞の入り組む花弁は、十八年前に真希が産まれ出てきたとは思えないほどキュッと引き締まっていた。

ポツンとした尿道口が見え、これほどの美女でもオシッコすることが証明された思いだった。

包皮を押し上げるように突き立ったクリトリスは、もちろん真希よりも大きめで小指の先ほどもあり、はっきりと亀頭の形をしてツヤツヤと真珠色の光沢を放っていた。

もう我慢できず、法敬は吸い寄せられるように顔を埋め込んでいった。

3

「ああ……、お願い、いっぱい気持ち良くして……」

今日子は、すっかり火が点《つ》いたように貪欲に求め、量感ある内腿でムッチリと彼の顔を挟み付けてきた。

法敬は柔らかな茂みに鼻を擦り付けて嗅ぎ、隅々に籠もった甘ったるい汗の匂いで鼻腔を満たした。

ほんのりした残尿臭も入り交じり、法敬はその刺激に激しく興奮しながら美女の体臭を貪り、舌を這わせていった。

大量の愛液がヌルヌルと舌の動きを滑らかにさせ、淡い酸味が伝わってきた。

舌先で、かつて真希が出てきた膣の入口を掻き回し、大きめのクリトリスまでゆっくり舐め上げていくと、

「アアッ……！」

今日子がビクッと顔を仰け反らせて喘ぎ、両頬を挟む内腿に力を込めてきた。

法敬は豊満な腰を押さえつけるように抱え込み、上唇で包皮を剥いて、露出したクリトリスに吸い付きながら弾くように舌で舐め上げた。

「ああ……、それ、いいわ……、もっと強く……」

今日子は気に入ったように声を上ずらせて言い、白い下腹をヒクヒクと波打たせ、新たな愛液を漏らしてきた。

さらに彼は、自分がされたように今日子の腰を浮かせると、彼女も自分で脚を抱え込み、白く豊かなお尻を突き出してくれた。

さすがにあの変態っぽい無三を相手にしているから、ためらいや羞恥より快感の方が最優先になっているようだ。

谷間のツボミは、真希のように可憐ではなく、むしろレモンの先のようにピンクのお肉が盛り上がって実に艶めかしかった。

鼻を埋め込むと、顔中に双丘が密着し、淡い汗の匂いに混じり、秘めやかな微香が感じられた。

そういえば無三が、彼女にトイレ洗浄機を使うなと命じていたような記憶があるから、今日子もそれがすっかり習慣になっているのかもしれない。

法敬は美女の匂いを貪り、胸を満たしてから舌先でチロチロとツボミを舐め回した。

細かな襞の収縮が伝わり、さらにヌルッと潜り込ませて粘膜を味わうと、

「あう……、いい気持ち……」

今日子は息を詰めて呻き、キュッと肛門で彼の舌先を締め付けてきた。

法敬も内部で舌を蠢かせ、充分に味わうと、ようやく舌を引き離して彼女の脚

を下ろした。そして大量のヌメリをすすりながら割れ目に舌を戻し、クリトリスに吸い付いていった。

「アア……、指を入れて……」

今日子が身悶えながら言い、法敬は人差し指を膣口に押し込んでいった。

「二本にして。それからお尻にも……」

彼女が貪欲にせがむと、法敬も興奮しながら、あらためて二本の指を熱く濡れた膣口に潜り込ませ、左手の人差し指も舐めて濡らしてから、まだ唾液に湿っている肛門に押し当てた。

そろそろと差し入れていくと、意外なほど滑らかに指が呑み込まれていった。

そして膣内の二本の指を小刻みに蠢かせ、内壁を摩擦し、天井を圧迫した。さらに肛門内部の指も出し入れさせるように動かしはじめ、なおもクリトリスを舐め回した。

「あぁッ……、いい気持ち……！」

今日子は、最も感じる三カ所を愛撫されながら喘ぎ、前後の穴できつく指を締め付けてきた。

愛液は、まるで粗相したように大量に溢れ、次第に今日子の身悶え方もガクガクと激しくなっていった。あるいは、急激にオルガスムスの大波が迫ってきたのかもしれない。

「も、もう指はいいわ。本物を入れて……」

やがて今日子が、声を絞り出すように言った。

もちろん法敬も、待ちきれないほどすっかりピンピンに回復していた。

前後の穴からゆっくり指を引き抜くと、肛門に入っていた指に汚れの付着はなく、爪にも曇りはなかったが微香が感じられた。

膣内に入っていた二本の指は、湯気が立つほどで、湯上がりのように指の腹がシワになり、白っぽく攪拌《かくはん》された粘液にまみれ、指の股は膜が張るほどになっていた。

「ど、どうか奥様が上に……」

法敬は言い、添い寝していった。

自分から犯してはいけないという思い以上に、初めて見た無三と今日子の体位に憧れがあったのだった。

「そう、いいわ……」

今日子は言って身を起こし、仰向けの彼の股間に跨がってきた。

幹に指を沿え、先端を膣口に押し当てると、若いペニスを味わうようにゆっくり腰を沈み込ませた。

張りつめた亀頭が潜り込むと、あとはヌルヌルッと襞の摩擦に包まれながら根元まで吸い込まれていった。

「アアッ……、奥まで当たるわ……」

完全に座り込み、股間を密着させながら今日子が喘いだ。

確かに、無三のものは太いが法敬より短めだった。

今日子は何度か噛み締めるようにキュッキュッと締め付けながら、股間をグリグリと擦りつけてから身を重ねてきた。

そして法敬の肩に腕を回し、体重をかけて彼の胸に巨乳を押しつけた。

さらに股間をしゃくり上げるように動かすと、シャリシャリと恥毛が擦れ合って、コリコリする恥骨の膨らみも伝わってきた。

法敬も下から両手を回してしがみつき、動きに合わせて股間をズンズンと突き上げはじめた。

「いい気持ち……、とっても上手よ……」

今日子がうっとりと彼を見下ろして囁き、腰を遣いながらピッタリと唇を重ねてきた。

柔らかな感触とともに、白粉《おしろい》のように甘い刺激を含んだ息が鼻腔を満たした。

薄目で見ると、彼女も半眼になって熱っぽい眼差しを注いでいた。

何やら観音様にキスされているような感激に酔いしれ、自分から舌を差し入れてみた。

白く綺麗な歯並びを舐めると、それが開かれ、今日子の舌が迎えてくれた。

今日子の舌は滑らかに蠢き、生温かくネットリとした唾液にまみれていた。

「ンン……」

彼女はうっとりと鼻を鳴らすたび、法敬はかぐわしい息を胸いっぱいに吸い込み、股間の突き上げを激しくさせていった。

すると、いきなり彼の口にトロリと大量の唾液が注がれてきたのだ。

「あ、ごめんなさい。つい……」

すぐに今日子は口を離して言ったが、どうやら無三とのキスでは必ずしている行為のようだった。

法敬は小泡の多い生温かな粘液を味わい、うっとりと飲み込んだ。

「まあ、嫌じゃないの？」

「ええ、もっとほしい……」

言うと、再び彼女は少々驚いた様子で唇を重ね、口移しに唾液を注いでくれた。

本当は顔中に吐きかけてもらいたいのだが、それを言うと寝室を覗いたことがばれてしまうかもしれない。

唾液を飲みながら高まり、とうとう法敬はそのまま昇り詰めてしまった。

「い、いく……！」

突き上がる快感に口走り、ドクンドクンと大量のザーメンを勢いよく内部にほとばしらせると、

「き、気持ちいいわ。ああーッ……！」

噴出を受け止めた途端、彼女もオルガスムスのスイッチが入ったように声を上げ、ガクンガクンと狂おしい痙攣を起こして絶頂に達してしまった。

膣内の収縮も最高潮になり、法敬は大人の女性をいかせることができたようで、心から嬉しかった。

溶けてしまいそうな快感を貪りながら、心置きなく最後の一滴まで出し尽くして、徐々に突き上げを弱めていった。

「ああ……、良かった……」

すると今日子も小さく言って熟れ肌の硬直を解き、精根尽き果てたようにグッタリと体重を預けてもたれかかってきた。

法敬は彼女の重みと温もりを受け止め、まだ名残惜しげに収縮する膣内に刺激され、ヒクヒクと幹を過敏に跳ね上げた。

「あう……、もう暴れないで。感じすぎるわ……」

今日子が言い、押さえつけるようにキュッときつく締め上げてきた。

（とうとう、母娘の両方としてしまった……）

法敬は罪の意識に荒い呼吸を繰り返し、美女の甘い刺激の吐息を間近に嗅ぎながら、うっとりと快感の余韻を噛み締めたのだった。

4

「ね、こうしてください……」

バスルームで、法敬は互いの身体を流し合ったあと、自分は座ったまま今日子に言った。

「どうするの……」

「ここに立って、ここに足を」

法敬は座ったまま言い、目の前に今日子を立たせた。

そして片方の足をバスタブのふちに乗せさせ、開かれた股間に顔を埋めた。

洗い流されて湯に湿った恥毛には、もう悩ましい体臭は感じられなかった。

「オシッコして下さい……」

恐る恐る言うと、今日子は少し驚いたように言った。

「まあ……、むーさんそっくり……」

しかし、それは要求に驚いたのではなく、あまりに無三と似ていたからのようだった。

なるほど、唾液や体臭を求める無三なら、美しい今日子にそこまで求めるのも無理はない。図らずも法敬は、同じことを要求していたようだ。

だから今日子も、さしてためらわず下腹に力を入れ、尿意を高めはじめてくれたのだった。

「本当にいいのね……」

今日子が言い、彼の坊主頭に両手をかけた。ダメ元で言ったのに、してくれるのだという反応が嬉しく、また法敬は激しく勃起した。

舌を這わせると、新たな愛液が溢れて淡い酸味が割れ目内部に満ち、柔肉が迫り出すように妖しく蠢いた。

「あ……、出るわ……」

今日子が言うなり、ヌメリの味わいと温もりが変化し、温かな流れがほとばしってきた。

口に受け止め、感激しながら飲み込むと、淡く上品な味わいと匂いが胸に広がった。しかし勢いが増すと口から溢れた分が、胸から腹を温かく濡らし、回復したペニスを心地よく浸してきた。

「アア……、いい子ね……」

今日子もうっとりと言い、彼の頭を撫でながらゆるゆると放尿を続けた。

法敬も、抵抗なく飲み込めることが嬉しく、美女から出たもので心ゆくまで喉を潤したのだった。

ようやく勢いが弱まって流れが治まると、彼はポタポタと滴る余りのシズクをすすり、舌を挿し入れてヌメリを舐め取った。

すると新たな愛液がヌラヌラと大量に溢れ、たちまちオシッコの味わいが洗い流されてしまった。

「も、もういいわ……、またいきそう。お夕食の仕度が出来なくなるから……」

なおも舐めていると今日子が言い、足を下ろした。

やがて二人でもう一度身体を洗い流してから、バスルームを出た。

すっかり勃起してしまったが、彼女も夕食の仕度があるので、続きは夜の楽しみにし、何とか法敬も気持ちを静めたのだった……。


――やがて夕食を終えて休憩し、法敬が離れへ引き上げると、間もなく今日子が入ってきてくれた。

すぐにも彼は全裸になって布団に仰向けになり、屹立したペニスを期待にヒクヒクと震わせた。

「まあ、元気で嬉しいわ。覚えたてだから、何度でもできそうね」

今日子も法敬を見て言い、彼が後悔していないようなので安心したようだ。そして色っぽいネグリジェを脱ぎ去った。

下には何も着けておらず、たちまち艶めかしい巨乳と股間の茂みが彼の目を釘付けにさせた。

「じゃ、いろいろな体位をお勉強しましょうね」

今日子は言うなり、法敬のペニスにしゃぶり付いたまま身を反転させ、彼の顔に跨がってきたのだった。

女上位のシックスナインになり、法敬は下から彼女の豊満な腰を抱え、割れ目に舌を這わせた。

すると今日子も根元までスッポリとペニスを呑み込み、熱い鼻息で陰嚢をくすぐりながら吸い付いてきた。

「ンン……」

彼が執拗にクリトリスを舐めると、今日子も反射的にチュッと亀頭を吸いながら小さく呻いた。

熱く滴るヌメリをすすり、執拗にクリトリスと膣口を愛撫すると、目の前にある艶めかしい肛門がヒクヒクと収縮した。

やがて互いに高まると、同時に舌を引っ込めた。そして今日子が法敬の上から離れ、彼を引き起こした。

「最初は後ろから試してみて」

彼女は言って四つん這いになり、顔を伏せながら白く豊満なお尻を高く持ち上げてきた。

その無防備な体勢に胸を高鳴らせ、法敬は膝を突いて先端をバックから彼女の膣口に押し当て、ゆっくり押し込んでいった。

「あぁッ……！」

ヌルヌルッと根元まで潜り込ませると、今日子が白い背中を反らせて喘ぎ、キュッときつく締め付けてきた。

やはり女上位で交わるのとは向きが違い、挿入の摩擦感覚も異なっていた。

そして股間を押しつけると、下腹部に豊かなお尻の丸みが当たって弾み、何とも心地よかった。

腰を抱えて何度かズンズンとピストン運動をすると、溢れた愛液が彼女の内腿を伝い流れ、揺れてぶつかる陰嚢までネットリと濡れた。

やがて法敬は背中に覆いかぶさり、セミロングの髪に顔を埋めて甘い匂いを嗅ぎ、両脇から手を回してたわわに揺れるオッパイを揉んだ。

「アア……、いい気持ち、もっと突いて……」

今日子が腰を振りながら言い、味わうようにキュッキュッと締め付けてきた。

しかし股間に当たるお尻の感触と締め付けは気持ち良いが、やはり顔が見えないのは物足りない気がした。

だからこのまま果てる気にならなかったが、先に今日子の方から体位を変えてきた。

「今度は横よ……、抜けないように気をつけて……」

彼女が言い、うつ伏せの身体を徐々に横向きにさせていった。

法敬も、締まりの良さと潤いで抜け落ちないよう股間を押しつけながら、彼女の下の脚に跨がった。

すると今日子が、上の脚を真上に差し上げたのだ。

法敬は身を起こしたまま、その脚に両手でしがみつき、内腿で下の脚を挟み付けて腰を動かした。

互いの股間が交差しているので、密着感が高まり、吸い付き合うようにクチュクチュと淫らな摩擦音が響いた。

これが松葉くずしという体位らしい。局部のみならず、互いの内腿も擦れ合って気持ち良かった。

しかし喘ぐ表情は見えるものの、やはり美女の唾液と吐息を味わいたいので、ここで果てる気はなかった。昼間二回射精しているので、法敬も多少の余裕を持って味わえるようになっていた。

すると今日子が、さらに別の体位へと移動しはじめた。挿入したままゆっくりと仰向けになると、法敬も押しつけながら正常位まで持っていった。

ようやく顔を寄せ合って身を重ねると、今日子も下から両手を回して抱き留めてくれた。

屈み込んで左右の乳首を交互に吸い、顔中を柔らかな膨らみに押しつけた。

すると今日子がズンズンと股間を突き上げ、法敬も彼女の白いうなじに顔を埋め、腰を突き動かしはじめた。

胸の下では巨乳が押し潰れて弾み、恥毛が擦れ合って恥骨のコリコリした感触も伝わってきた。

しかし、様々な体位を体験したが、やはり最後は女上位でフィニッシュを迎えたかった。

「ね……、奥様が上になって下さい……」

「下がいいの？　いいわ」

囁くと、今日子もすぐ応じてくれた。

法敬は身を起こして股間を引き離し、仰向けになると、彼女も入れ替わりに身を起こした。

今日子は愛液にまみれて屹立したペニスに跨がり、上からゆっくりと受け入れながら座り込んできた。

「ああ……、いい……」

今日子も無三相手に女上位に慣れているせいか、やはりしっくり嵌《は》まり合った感じで熱く喘いだ。

そして彼女はグリグリと股間を擦りつけてから身を重ね、法敬も両手を回して抱き留めたのだった。

5

「アア……、奥まで響くわ……」

肌の前面を密着させ、今日子がうっとりと喘ぎながら囁いた。

「どうして下が好きなの？」

「か、観音様に犯されているみたいだから……」

訊かれて、法敬は膣内でヒクヒクとペニスを震わせながら小さく答えた。

「そう……、他に、して欲しいことある？」

「オッパイを舐めて……」

法敬が答えると、彼女は屈み込んで彼の乳首にチュッと吸い付き、熱い息で肌をくすぐりながら舐め回してくれた。

「ああ……、気持ちいい……、どうか、嚙んで下さい……」

言うと、今日子も綺麗な歯並びで小さな乳首を挟み、キュッキュッと軽く嚙んでくれた。

「あうう……、もっと強く……」

「大丈夫？　痛かったら言うのよ」

今日子は言い、さらに力を込めて彼の左右の乳首を交互に嚙み、甘美な痛みと刺激を与えてくれた。

「さあ、もういいでしょう？　他には？」

「また、ツバを飲みたい……」

言うと、これも無三を相手に慣れているから、今日子はすぐにしてくれた。

色っぽい唇を突き出し、間から白っぽく小泡の多い粘液がトロトロと滴ってきた。それを舌に受け止め、ネットリとした感触を味わい、生温かな唾液で喉を潤した。

「美味しいの？　味なんかないと思うけれど」

「とっても美味しいです……、どうか、顔中にも……」

とうとう法敬は、無三がしていたことを求めてしまった。

すると今日子も、別に寝室を覗かれたことには思い当たらなかったようで、白く美しい顔を寄せ、彼の鼻の頭を舐め回してくれた。

「ああ……」

法敬は滑らかな舌の蠢きにうっとりと喘ぎ、熱く甘い息を嗅ぎながら股間を突き動かした。

今日子は、まるでフェラチオするようにペロペロと舌を這わせ、鼻の穴まで舌先を潜り込ませ、さらにスッポリと含んでくれた。

まるで上下とも彼女に挿入したようだった。

彼女の下の歯が法敬の鼻の下に当てられると、口の中の熱気を心ゆくまで嗅ぐことが出来た。

白粉のように甘い匂いに加え、夕食後に歯磨きをしていないからオニオン系のプラーク臭もほんのり感じられ、悩ましく鼻腔を刺激されるたび、法敬はこのまま美女の口に呑み込まれたい衝動に駆られた。

「ああ……、いい匂い……」

「本当？」

胸いっぱいに今日子の息を嗅ぎながら思わず言うと、彼女も聞き返しながら惜しみなく吐きかけてくれた。

さらに唇を重ねて舌をからめながらも、生温かな唾液をトロトロと口移しに注ぎ込んだ。

そして今日子は、彼の頬から鼻筋、瞼から額、耳の穴まで舐め回してくれ、顔中を清らかな唾液でヌルヌルにまみれさせてくれた。

「ね、顔に思い切り吐きかけて……」

「まあ、みんなそれが好きなのかしら……」

「男なら、みんなしてもらいたいと思います……」

法敬がきっぱり言うと、今日子も、無三にしたように唇をすぼめ、やや控えめにペッと吐きかけてくれた。

「ああ……」

甘く生温かな息とともに、唾液の固まりが鼻筋を濡らし、法敬は絶頂を迫らせて喘いだ。

「もっと強く……」

言うと、さらに今日子は強く吐きかけながら、激しく腰を遣いはじめた。

互いの動きがリズミカルに一致し、ピチャクチャと湿った卑猥な摩擦音とともに股間がビショビショになった。

「アア……、いきそう……」

今日子が声を上ずらせ、腰の動きを速めた。

たちまち膣内の収縮が活発になり、彼女は法敬の上でガクンガクンと狂おしい痙攣を開始した。

「い、いく……、気持ちいいわ、アアーッ……！」

今日子は大きなオルガスムスに、粗相したかと思えるほど大量の愛液を漏らして昇り詰めた。

その凄まじさに圧倒されながら、続いて法敬も絶頂に達し、大きな快感に貫かれながら勢いよくザーメンをほとばしらせた。

「あう、熱いわ、もっと……」

噴出を感じると、今日子は駄目押しの快感を得たように口走り、さらにキュッキュッときつく締め上げてきた。

法敬も心置きなく快感を貪り、豊満美女に組み敷かれながら最後の一滴まで出し尽くした。

徐々に突き上げを弱めていくと、今日子も熟れ肌の硬直を解きながらグッタリと力を抜いてもたれかかってきた。

「ああ……、すごいわ……、とっても良かった……」

今日子が体重を預け、うっとりと吐息混じりに囁くと、法敬も彼女の重みと温もりを受け止め、まだ名残惜しげに収縮している膣内に刺激され、ヒクヒクと幹を震わせた。

そして彼女の喘ぐ口に鼻を押し込み、熱く甘い息を胸いっぱいに嗅ぎながら、心ゆくまで快感の余韻を嚙み締めたのだった。

「気持ち良かった？　今日三回もできたのだから、明日からもちゃんと出さないといけないわ」

「は、はい……」

甘い息で囁かれ、法敬は小さく答えながら、また膣内でムクムクと大きくなってしまった。

「あん……、まだ足りないの……？」

「どうか、寝るまでにもう一回だけお願いします。このままでいいので……」

驚く今日子に言い、彼は再び突き上げを再開した。

「アア……、もう私は充分なのに……」

今日子は言いながらも、突き上げに合わせて腰を遣ってくれた。

「済みません。すぐ済みますので……」

「いいのよ、急がなくても。でも、して欲しいことがあれば言って」

謝りながら律動すると、今日子も女神のような慈悲の囁きをしてくれた。

「噛んで……」

甘えるように言って彼女の口に頬を押しつけると、今日子も大きく開いた口で
そっと頬に歯を立ててくれた。

「ああ、いい気持ち、もっと強く……」

「ダメよ、痕になったから困るから」

今日子は答え、それでも適度に力を込めてモグモグと咀嚼《そしやく》するように両の頬を
交互に噛んでくれた。

「ああ……、観音様に食べられている……」

法敬は甘美な刺激に喘ぎ、完全に元の大きさと硬さになったペニスを執拗に出

し入れさせた。

するとと、今日子の割れ目からも新たな愛液が湧き出してきたようだ。

「ああン……、感じるわ。もう一度いきそう……」

彼女が喘ぎ、法敬も下からしがみつきながら股間をぶつけるように突き動かし続けた。

「く……！」

たちまち彼は昇り詰めてしまい、快感とともに絞り出すように熱いザーメンをドクドクと内部に注入した。

「あう、またいく……、ああーッ……！」

今日子も、彼のオルガスムスが伝わったかのように、噴出を感じると同時に絶頂を迎えて声を上げた。

法敬は、膣内の収縮の中で最後の一滴まで絞り尽くし、すっかり満足して動きを弱めていった。

「アア……、こんなにすごい子だったなんて……」

今日子も充分に快感を嚙み締めると、満足げに吐息混じりの声を洩らしてグッタリと力を抜いてきた。

彼は重みと温もりを全身に受け止め、甘い息の匂いに包まれながら、今度こそ本日最後の快感の余韻を味わった。

互いに動きを止めると、汗ばんだ肌を重ね合い、荒い呼吸を繰り返した。

「ねえ、朝まで一緒にいて下さい……」

「いいわ、このまま寝ましょうね……」

囁くと今日子も答え、やがて股間を引き離すとティッシュで互いの股間を拭き清め、添い寝して布団を掛けてくれたのだった。

第三章　甘い汗の匂い

1

「では今日から、しばらくの間よろしくお願いいたします」

陸上部のコーチで二十八歳、独身の黒島真弓《くろしままゆみ》が言うと、真希を含む、他の女子大生たち四人も、一斉に、

「よろしくお願いしまーす！」

と言って頭を下げた。

（うわ、すごい……）

その熱気に圧倒されながら、法敬は思春期の匂いに胸を熱くさせてしまった。

ゴールデンウイークに入った四月下旬の金曜、今日から陸上部の女子大生たちが宿坊に泊まり込んで、強化合宿を行なうのである。

しかし地味な長距離ということで、年々部員が減っているらしく、今回も大会に出場できる選手のみということで、この人数になってしまったのだった。

一、二年生は、真希を含めて三人。宿坊の一部屋で寝起きする。

そしてキャプテンの立花薫子《たちばなかおるこ》が二十一歳で三年生。彼女は、コーチの真弓と同じ部屋に寝泊まりするが、境の襖は取り払ったので、五人が一部屋というのと同じことだった。

「今田法敬です。皆様のお世話をしますので、こちらこそよろしくお願いいたします」

法敬は、合掌して恭《うやうや》しく答えた。

世話といっても、布団の上げ下げや洗濯は自分たちで行なうし、宿坊に専用のバストイレもある。

洗濯機とともに、自炊用の小さなキッチンもあって当番が料理を作るようだから、あまり法敬が手を出すようなことはない。

せいぜい掃除の段取りを言いつけるぐらいのものだった。

彼女たちも本格的な練習ではなく、山道を走って足腰を鍛え、あとは寺の掃除を手伝い精神面を養うのが目的なのである。

真希は一年生だが、何しろ自宅なので気は楽だろう。それでも自室には戻らず皆と一緒に宿坊に寝泊まりするようだった。

まだ今日はろくに運動もしていないだろうに、十代から二十代の五人が一堂に会しただけで、甘ったるい匂いが生ぬるく法敬の鼻腔を刺激してきた。やはり一人一人は無臭に近くても、若い五人となると否応なくミックスフェロモンが室内に立ち籠めるのだろう。

まして五人はここへ来てすぐ、私服を脱いで大学の赤いジャージ上下に着替えたから、それだけで空気が揺らぎ、五人分の体臭が籠もったのだ。

そして女性同士は、そうした匂いには気づかないようだった。

「では、本堂にご案内いたしましょう」

法敬は言い、五人を宿坊から本堂の方へと連れて行った。

無三も、もう研修から戻ってきていたが、何しろ昼間は檀家回りがあり、夜は飲み会を楽しみにしているので、今日子の言いつけで法敬が彼女たちの世話をすることになったのだ。

「わしも女子大生たちと仲良くなりたいよお……」

「駄目です。住職は忙しいんですからね」

「檀家回りなんかより、男根回しをしたいよう」

「何わけの分からないこと言ってるんですか」

今日子に言われ、無三は渋々檀家回りに出て行ったのだった。

「これが月影院のご本尊、千住観世音菩薩像です。平安時代の作と言われ、実際には千本の手ではなく、十一面四十二臂、つまり十一の顔と四十二本の腕があります」

法敬が説明すると、彼女たちも神妙な顔つきで聞き、本尊を仰いでいた。

これが修学旅行などになると騒がしくなるのだろうが、何しろ五人だし、そのうち一人は大人のコーチで、もう一人はここの娘だから静かだった。

「では合掌して下さい。手のひらのシワとシワを合わせるように、これで幸せを願うのです」

法敬が言うと、五人も素直に合掌した。

これが無三だと、指の節と節を合わせて不幸せとか、爪合わせとか、寒いギャグを言って引かれたりするのだろう。

あとは欄間の浮き彫りの天女や、隅にある閻魔大王の木像などを説明した。

「何か質問はありませんか」

法敬が言って五人を見回すと、一年生の三人は黙っていた。

真希の他の二人も、実に愛らしく健康そうな美少女たちだった。

キャプテンの薫子も、凜として颯爽たる美形で、スポーツ選手より宝塚の方が似合いそうだった。

皆ショートカットだが、コーチの真弓のみ大人の健康美女で、セミロングの黒髪をしている。

黙ってばかりで失礼と思ったか、真弓が手を上げた。

「なぜ、多くの仏様は蓮の花に乗っているのですか」

「はい。蓮は泥から花を咲かせます。泥とはいわばこの世界、穢れた土と書いて穢土《えど》と言います。だから蓮は、穢土と浄土《じょうど》をつなぐ道しるべなのです」

「なるほど。ではなぜ多くの手があるのですか」

「より多くの人を救済するためです」

法敬は答えながら、いつものようにこの五人の十本の手で愛撫されたらどんなに気持ち良いだろうと思ってしまった。

やがて、他に質問もないようなので、法敬は明日からの掃除の段取り、するべき場所などを説明してから本堂を出て、中庭や墓地の方も案内し、掃き掃除の範囲を指示した。

「掃除しても、どうせすぐに枯れ葉が飛んでくるのだから、掃除は週に一回か月に一回で良いと思うでしょうが、それは見た目のことではなく、自身の心を掃除するのです。精神修養と思い、頑張って掃除して下さいね」

「はい」

言うと五人は素直に返事をした。

屋外でも、風下にいると五人分の生ぬるく甘ったるい匂いが漂い、法敬の鼻腔を刺激してきた。

「では、あとは夕方まで山をジョギングして参りますので」

「分かりました。お気を付けて」

真弓が言い、法敬は合掌して答え、走り出していく連中を見送りながら残り香を嗅いだ。

すでに真弓と薫子は、前にもここで合宿をしていたようなので、山のコースは知っているのだ。今は、それを一年生の三人に教えに行ったのだろう。

法敬は庫裡《くり》に戻って、今日子がいないのを見計らって宿坊を覗いた。今日子は母屋のキッチンで、自分たちの夕食の仕度をしていた。

まだ部屋には、彼女たちの噎《む》せ返るような体臭が籠もっていた。部屋の隅には脱いだ私服も置かれている。

（いや、いけない、服を嗅いだりしては。私は部屋の様子を監督に来ただけなのだ……）

そう思いつつ見回したが、さすがに真弓や薫子の躾が行き届いているせいか、脱いだものもきちんと畳まれ、部屋も散らかっていなかった。

長くいると、やはり探って嗅いでしまいそうなので、法敬はそっと宿坊を出ると、離れの自室へと引き上げ、何とか深呼吸し、気を静めるように写経を行なったのだった。

だいぶ日が傾くと、五人も山から下りてきたようだ。

それほど険しくはなく安全な山道だから、女子大生のトレーニングには良いだろう。

写経など止めて耳を澄ませていると、まず真弓と薫子が順番にシャワーを浴びはじめたようだった。

するといきなり襖がノックされ、真希が入ってきてしまったのだ。

「うわ、びっくりした。いいの？」

「ええ、二人はシャワーで、二人は炊事当番。私は自分のお部屋に着替えを取りに行くところ」

真希はジャージ上下を脱ぎ、半袖の体操服に短パン姿だ。

額は汗ばんで、たちまち離れに甘ったるい匂いが満ちてきた。

「いろいろ相談に乗って欲しいのだけど、夜にいいかしら」

「抜け出して大丈夫なの？」

「ええ、お寺を提供しているから、私は自由に自分のお部屋に行ってもいいって。それに結局、仕切りの襖も閉めることになったから」

「そう」

それだけ言い、真希が出て行こうとしたので、法敬は追い縋《すが》った。

「お願い、少しだけ嗅がせて……」

「まあ……、すごく汗かいているのよ……」

にじり寄って胸に縋ると、真希も拒まず、立ったまま彼の頭を撫でてくれた。

体操服の腋の下は生ぬるく湿り、甘ったるい汗の匂いが沁み付いていた。

法敬は顔を埋め込んで何度も深呼吸し、さらに這い上がって可憐な唇に迫り、甘酸っぱい息を嗅がせてもらった。

「ああ……、何ていい匂い……」

運動の直後だから口の中が乾き、果実臭の刺激がいつもより濃かった。

法敬は美少女の吐息に酔いしれて勃起し、さらに股間も嗅がせてもらおうとしたが、やがて宿坊の方から呼ばれると真希はやんわり彼の顔を引き離し、離れを出て行ってしまった。

2

「いいかしら……、彼女が加奈子《かなこ》。こっちが美雪《みゆき》」

夜半、真希が宿坊をこっそり抜け出して、同級生の二人を連れて離れにやって来た。

二人とも十八、九で、先月高校を出たばかりの愛くるしい美少女たちだ。

ややぽっちゃり方の加奈子はエクボが愛らしく、美雪は色白で、陸上部には似合わない大人しそうな図書委員タイプだった。

「三人とも抜け出して大丈夫なの？」

「ええ、コーチとキャプテンはレズ関係だわ。それで仕切りの襖も閉めてしまったのだから」

「うわ……」

真希の言葉に、法敬は驚いて声を洩らした。清らかな女子大の中でも、そういうことがあり、一年生すら知っているようだ。

「じゃ、私は戻るから、あとは二人の相談を聞いてあげてね」

「ま、真希ちゃんは行っちゃうの？」

彼は心細げに言ったが、真希は出て行ってしまった。二階の自室か、宿坊か分からないが、とにかく夜は自由にしているようだ。

法敬が美少女二人と三人になると、二人がにじり寄ってきた。

「ね、私たちとエッチして欲しいんです」

加奈子が言い、美雪も好奇心に目をキラキラさせて法敬を見つめた。

「そ、そんなストレートな……」

法敬は驚き、夢でも見ているような気になった。

「真希に聞きました。初めてだけど、とっても良かったって」

加奈子が言う。

真希が仲間たちに打ち明け、しかも二人と法敬をセックスさせようというのだから、それは真希がそれほど彼に愛情を抱いていない証拠ではないかと、少し残念だった。

しかし、一対一の愛情と、より多くの女体を抱くのとどっちを選ぶかと言えばやはり多い方が嬉しかった。それに、すでに真希の母親ともしてしまったのだから、この際とことん淫らな地獄に落ちるべきかも知れない。

だいいち思いとは裏腹に、法敬のペニスはムクムクと勃起し、痛いほど突っ張りはじめていたのだった。

「私たち、それぞれ高校時代に初体験してますけど、同級生だったので下手だし自分本位の挿入ばかりでした。だから、真希にしたように、私たちにもして欲しいんです」

「ふ、二人いっぺんに……？」

「ええ、おねがいします。それに私たちは三人仲良しだから、同じ人との思い出を作りたいです」

言うと、加奈子と美雪は寝巻代わりのジャージを脱ぎはじめてしまった。

たちまち二人とも一糸まとわぬ姿になり、ムチムチとした健康的な裸体を露わにした。

どちらも形良いオッパイをし、股間の翳《かげ》りも楚々として艶めかしかった。

そして二人は左右から彼のシャツとトランクスを脱がせて全裸にすると、敷かれた布団に仰向けにさせてしまった。

「じゃ、いただきます」

美少女たちが言って、神妙に合掌した。

法敬は、何やら彼女たちの餌食にされるような興奮が湧き、屹立したペニスをヒクヒク震わせた。

二人は左右から添い寝し、覆いかぶさるように、なんと同時に彼に唇を重ねてきたのだった。

真弓と薫子がレズ関係などと言っていながら、自分たちも互いの唇が触れ合うのを厭わないのだから、ある程度レズごっこのようなこともして戯れ合っているのかもしれない。

とにかく法敬は、美少女たちの弾力ある柔らかな唇を、二人分同時に味わい、夢のような快感と興奮に包まれた。

「ンン……」

二人は熱く鼻を鳴らし、法敬の口に舌を挿し入れてきた。右からはぽっちゃりの加奈子が、左からは可憐な美雪が舌を伸ばし、彼はそれぞれ滑らかに蠢く舌を舐めた。

二人の熱く湿り気ある吐息は、大部分が美少女本来の甘酸っぱい果実臭がし、それにほんのりと歯磨きのハッカ臭、そして夕食のスタミナ料理によるガーリック臭も、悩ましく混じっていた。

息を吸うたびに二人の吐息が鼻腔を掻き回し、その刺激だけで法敬は果てそうなほど高まってしまった。

しかも三人が鼻を突き合わせているので、二人の混じり合った息に顔中が湿り気を帯びるようだった。そして舌をからめるたび、ミックス唾液がトロトロと彼の舌を濡らして流れ込み、生温かく小泡の多い粘液がうっとりと彼の喉を潤してきた。

これほど贅沢な快感が得られるのなら、大学を卒業するまでまったく女性に縁がなかったのも大正解だったと思えた。

ようやく三人のディープキスが終わり、二人はそれぞれに移動を開始した。

左右から法敬の頬が舐められ、耳の穴にも可愛い舌が潜り込んで蠢いた。互いの行動を見ながら二人は同じように愛撫してくれ、微妙にシンメトリックな舌の動きが心地よかった。

特に左右の耳に舌先が入ると、クチュクチュと蠢く湿った音と熱い息遣いだけが聞こえ、まるで頭の中まで舐められているようだった。

そして二人は彼の耳たぶをキュッと嚙んでから首筋を舐め下り、左右の乳首に吸い付いてきた。

「ああ……」

法敬はダブルの快感に喘ぎ、クネクネと身悶えた。

「お坊さんでも感じるのね。私たちにも御利益がありそう」

加奈子が愛撫しながら言い、美雪も一緒に彼の肌を熱い息でくすぐって舐め回し、無邪気に吸い付いてくれた。

「か、嚙んで……」

「まあ、嚙むの？　大丈夫かしら。痛かったら言ってね」

思わず言うと加奈子が答え、二人して唾液に濡れた乳首をキュッキュッと嚙んでくれた。

「あうう……、もっと強く……」

法敬は美少女たちに食べられているような甘美な痛みと快感に呻き、さらにせがんだ。美少女たちの綺麗な歯が乳首を挟むたび、ゾクリと快感の震えが背筋を走った。

そして二人は肌を舐め下り、舌と歯で刺激しながら、まだペニスを避け、足にまで舌を這わせてくれたのだ。まるで法敬が女性に対してしている行為を、二人も彼に施しているようだ。

爪先をしゃぶられると、生温かなヌカルミに入ったような心地だった。

指の間にも舌がヌルッと割り込み、法敬は申し訳ない快感の中、このまま美少女たちに呑み込まれたいと思った。

「これ、気持ちいいわ……」

加奈子が彼の足首を摑んで浮かせ、足裏にオッパイを押しつけて言った。

美雪も真似をすると、法敬は両足で美少女たちの柔らかなオッパイを踏みつけているような気持ちになった。

コリコリと勃起した乳首も足裏をくすぐり、法敬は至れり尽くせりの愛撫にすっかり高まってしまった。

ようやく足が下ろされると、法敬は大股開きにされ、いよいよ二人が彼の股間に顔を寄せてきた。

「すごい勃ってるわ……」

「お坊さんでも興奮するのね」

二人は彼の股間でヒソヒソと囁き合いながら、熱い視線と息をペニスに注いできた。

これから二人は、真希とともに同じ男と交わろうとしているのだ。

男なら穴兄弟と言うところだが、女なら棒姉妹とでも言うのだろうかと、法敬は興奮の中でチラと思った。

すると二人は頬を寄せ合って屈み込み、先に彼の陰嚢にしゃぶり付いてきたのだ。混じり合った熱い息が籠もり、舌先がチロチロと袋を舐め回し、二つの睾丸が転がされた。

二人は、それぞれ優しく睾丸を吸ってから、さらに彼の腰を浮かせ、肛門まで舐めてくれた。

「あう……」

法敬は激しい興奮と快感に呻き、キュッと肛門を引き締めた。

もちろん湯上がりで清潔にしているが、美少女たちに舐められるのは申し訳ない気持ちだった。

二人は代わる代わる舐め回しては、ヌルッと舌先を潜り込ませた。

法敬は熱い息を吹き込まれるような贅沢な快感の中、それぞれの舌をモグモグと肛門で締め付けて味わった。ペニスも、まるで内側から操られるように、舌の動きに合わせてヒクヒクと上下した。

そして肛門と陰嚢を充分に舐めてから、二人はペニスに迫ってきた。

3

「彼氏もそうだったわ。ほら、仮性包茎」

「私は、よく見ていなかったわ……」

加奈子が言って、包皮をスライドさせると、美雪がモジモジと言った。法敬は美雪以上に羞恥快感に包まれた。

「ゴムの皮を剝いて食べるシャーベットみたい」

「楊枝で刺して剝く丸い羊羹もあったわね」

美少女たちは、彼のペニスを挟んでお喋りしていた。

法敬の意思を無視し、まるで彼が不在になっていることで、かえって彼は二人の快楽の道具にされているような興奮が湧いた。

「先っぽが濡れているわ」

「先に舐めていい？」

美雪の方が積極的になり、先にチロッと先端を舐めてきた。滲む粘液を舐め取り、張り詰めた亀頭全体にもしゃぶり付くと、待ちきれないように加奈子も舌を割り込ませてきた。

「アア……」

法敬は、夢のような快感に喘ぎ、幹を震わせた。

美雪が亀頭を含んで吸い、スポンと口を離すと、すかさず加奈子が呑み込み、クチュクチュと舌をからませてからチュパッと引き抜いた。

いつしか二人が同時に顔を突き合わせて亀頭を舐め回し、混じり合った熱い息が股間に籠もった。

ペニスも二人分の唾液に生温かくまみれ、まるで美少女同士のディープキスの間に彼が割り込んだような錯覚にさえ陥った。

「い、いっちゃう……、アアッ……！」

ダブルの快感だから、法敬はひとたまりもなく昇り詰めてしまい、大きな快感に貫かれながら喘いだ。同時に、熱い大量のザーメンがドクンドクンと勢いよくほとばしってしまった。

「ンン……」

ちょうど含んでいた美雪が熱く鼻を鳴らして受け止め、ゴクリと第一撃を飲み込んで口を離した。

すぐにも加奈子が亀頭にしゃぶり付き、余りのザーメンを吸い出し、執拗に舌をからめた。

「ああ……」

法敬は快感に身悶えて喘ぎ、とうとう最後の一滴まで出し尽くしてしまった。

二人は全て飲み干して、なおも尿道口から滲む白濁のシズクを一緒に舐め取ってくれた。

「いっぱい出たわね。お坊さんでも味はそんなに変わらないわ」

「でも、またすぐできるようになるかしら……」

二人の会話を、法敬はグッタリと身を投げ出し、放心しながらぼんやりと聞いていた。

もちろん、これで済んでしまうにはあまりに勿体ないので、二人の可憐な顔を見ているだけで、すぐにも淫気が回復していった。

「ね、どうすればまたできますか」

「じゃ、二人立って、足の裏を私の顔に乗せて……」

法敬が呼吸を整えながら言うと、二人は思わず顔を見合わせた。

「お坊さんのお顔を踏むんですか？」

「罰が当たらないかしら……」

二人は言いながらも、興味を持ったらしく立ち上がり、彼の顔の左右に来た。

そして互いに向き合い身体を支え合いながら、そろそろと片方の足を浮かせ、同時に彼の顔に乗せてきた。

「あん、変な感じ……」

「こんなことするの初めて……」

生温かな足裏で彼の鼻や口を踏み、二人は息を潜めて話し合った。

法敬も、美少女たちの足裏を顔中に感じながらムクムクと勃起していった。

マラソンで鍛えている二人の踵は硬く、土踏まずは柔らかかった。舌を這わせ指の間に鼻を埋めたが、湯上がりでそれほど匂いはしなかった。

「くすぐったい……」

「なんか申し訳ない感じだわ……」

二人は爪先をしゃぶられて言い、法敬に言われて足を交代した。

次は、やはりもっとムレムレの匂いがするときに嗅いだり舐めたりしたいと法敬は思った。

「じゃ、順番に顔を跨いでしゃがんで」

真下から言うと、美雪が先に彼の顔に跨がり、和式トイレスタイルでしゃがみ込んできた。ほっそりした肉体だが、さすがにしゃがむと太腿の筋肉が張り詰めて量感を増した。

股間が鼻先に迫ると、熱気と湿り気が法敬の顔を包み込んだ。

割れ目からは可愛らしい花びらがはみ出し、間から覗くピンクの柔肉もヌメヌメと潤っていた。

腰を抱き寄せて、楚々とした若草に鼻を埋めると、さすがに夕方のシャワーからは時間も経っているので、甘ったるい汗の匂いとほのかな残尿臭、うっすらと生臭い愛液の成分も感じられ、鼻腔を刺激してきた。

舌を這わせると、トロリとした淡い酸味のヌメリが感じられた。

膣口からクリトリスまで舐め上げると、美雪がビクリと下腹を波打たせ、可愛い声で喘いだ。

「あん……、いい気持ち……」

充分に味と匂いを堪能してからお尻の真下に潜り込み、顔中にひんやりした双丘を受け止めながら、谷間のツボミに鼻を埋め込んだ。すると、シャワー後に大の用を足したのか、秘めやかな微香も籠もっていた。

法敬は嬉々として美少女の恥ずかしい匂いを貪り、舌を這わせて細かな襞の震えを味わい、ヌルッと潜り込ませて粘膜も刺激した。

「あう……」

美雪が呻き、キュッと肛門で彼の舌先を締め付けてきた。

やがて彼女の前も後ろも味わうと、美雪が身を離し、加奈子が交代してきた。

ぽっちゃり方の加奈子が顔にしゃがみ込むと、さらに脹《ふく》ら脛《はぎ》と内腿がムッチリと張り詰めた。

すでに割れ目からはみ出す陰唇はヌメヌメと潤い、やはり甘ったるい汗の匂いを濃厚に籠もらせていた。

茂みに鼻を擦りつけて匂いを貪り、舌を這わせて蜜をすすった。

「アア……、もっと……」

クリトリスを舐め回すと、加奈子が熱く喘ぎ、グイグイと彼の口に股間を押しつけてきた。

すると、その間に美雪がペニスに跨がり、勝手に座り込んで交わってきたのである。

「あぁッ……！」

美雪が根元まで受け入れて喘ぎ、前にいる加奈子の背中に縋り付いた。

加奈子も、背後から美雪の温もりを受け止め、まるで興奮が伝わり合うように大量の愛液を漏らしてきた。

美雪の膣内は狭く、熱いほどの温もりとヌメリが満ちていた。

それでも、たった今二人の口に射精したばかりだから、しばらくは暴発する心配もなかった。

法敬は感触を味わいながら幹を震わせ、必死に加奈子の割れ目を舐め回した。

もちろんお尻の下に潜り込み、顔中を丸みに密着させて谷間の蕾にも舌を這わせた。

加奈子の肛門は特に匂いはなく、淡い汗の匂いが籠もっているだけだった。

くすぐるように舌を這わせると、加奈子の肛門はつぼまったり突き出たり、様々に表情を変えた。舌先を中に潜り込ませ、ヌルッとした滑らかな粘膜を味わってから、再び割れ目に戻った。

「アア……、そこ、吸って……」

加奈子が言い、法敬もクリトリスにチュッと吸い付きながら、小刻みに舌先で弾いた。

「あうう、もうダメ……」

美雪が腰を遣っていたが、もう充分らしく、降参するように言って股間を引き離してきた。

やはり膣感覚でのオルガスムスはまだ経験がないらしく、挿入して少し動いただけで気が済んだようだった。

すると加奈子が、仰向けの法敬の上を移動し、美雪の愛液にまみれているペニスに跨がり、同じく女上位で腰を沈み込ませてきた。

ヌルヌルッと一気に根元まで受け入れると、加奈子は顔を仰け反らせ、ペタリと彼の股間に座り込んで股間を密着させた。

「アア……、いい気持ち……」

加奈子が喘ぎ、法敬も、微妙に美雪と違う温もりと感触に包まれ、快感を味わった。

どちらも締まりは抜群で、愛液の量は二人とも多かった。

やがて加奈子が身を重ね、腰を動かしはじめたので、法敬も抱き留めながら股間を突き上げた。

4

「こうして……」

法敬は顔を上げ、加奈子の豊かなオッパイに顔を埋めながら言い、添い寝している美雪の胸も抱き寄せた。

それぞれの、薄桃色の乳首を含んで吸い、甘ったるい体臭を味わった。

加奈子の胸の膨らみは実に柔らかく、どこまでも顔が埋まり込んでいくようだった。

美雪の方は小振りだが張りがあって、実に感度が良さそうで、乳首もツンと突き立ったままだった。

二人の乳首を順々に含んで舌で転がし、顔中で膨らみを感じ取った。

さらに腋の下にも顔を埋め込み、ジットリ湿った甘ったるい汗の匂いで鼻腔を満たした。

そしてズンズンと股間を突き上げはじめると、加奈子は挿入が好きらしく、本格的にリズムを合わせて動いた。

溢れる愛液が動きを滑らかにさせ、クチュクチュと湿った摩擦音も響いた。

「いっぱいツバを飲ませて……」

動きながら言うと、加奈子が懸命に唾液を口に溜め、トロリと吐き出してくれた。すると横から美雪も同じように、白っぽく小泡の多い唾液をクチュッと垂らしてくれたのだ。

法敬は、美少女たちのミックス唾液でうっとりと喉を潤し、ジワジワと絶頂を迫らせていった。

「顔中にもペッペして……」

言うと、さすがに少したためらったが、加奈子が興奮に任せて愛らしい口をすぼめ、ペッと強く唾液を吐きかけてくれた。すると美雪も真似をし、同じように吐きかけてきた。

「アア……」

法敬は、甘酸っぱい刺激の息を顔中に受け、生温かな粘液で鼻筋も頬もヌルヌルになって喘いだ。

すると加奈子が屈み込み、さらに唾液を垂らしながら舌で顔中に塗り付けはじめると、美雪も顔を割り込ませ、愛らしい舌をペロペロと彼の鼻や頬に這わせてくれた。

「あうう……、溶けてしまう……」

法敬は、美少女たちの悩ましい口の匂いで鼻腔を刺激され、生温かな唾液で顔中ヌルヌルにまみれながら呻いた。

もう限界である。

「い、いく……！」

法敬は、たちまち突き上がる大きな絶頂の快感に口走ると、同時にありったけの熱いザーメンをドクンドクンと加奈子の中にほとばしらせた。

「ああ……、熱いわ……、いく……」

噴出を感じると、加奈子もオルガスムスに達したように喘ぎ、ガクガクと狂おしく全身を痙攣させた。

法敬も心ゆくまで快感を貪り、最後の一滴まで出し尽くして、徐々に動きを弱めていった。

「ああ……、気持ち良かったわ……」

加奈子も満足げに言いながらグッタリと彼に身を重ね、遠慮なく体重を預けてきた。

法敬は、いつまでも収縮する膣内でヒクヒクと幹を過敏に跳ね上げ、美少女たちのかぐわしい息と唾液の匂いに包まれながら、うっとりと快感の余韻を嚙み締めたのだった。

ようやく加奈子が呼吸を整え、そろそろと股間を引き離すと、ティッシュで割れ目を拭い、美雪も甲斐甲斐しくペニスを拭き清めてくれた。

「どうも有難う。いっぱい舐めてもらって嬉しかったです」

「気持ち良かったわ。またお願いします」

美雪と加奈子が、ジャージを着てから言って一礼した。

「ええ、今度はシャワーや歯磨きをせず、濃い匂いのまま来て下さいね」

「まあ、臭いのが好きなの？」

「濃いのが好きなんです」

呆れて言う二人に法敬は答え、やがてそっと出ていく二人を全裸で仰向けのまま見送った。

すると、入れ替わりに真希が入ってきたのだ。

「うわ……」

「済んだのね。悦んでいたようで良かった」

真希が言ってジャージを脱ぎ去り、全裸の法敬に添い寝してきた。

どうやら、まだ今夜は寝られないようだった。

「キャプテンやコーチは大丈夫?」

「ええ、自分たちもレズ関係だから、一年生の行動には関知しないみたい」

真希が事も無げに言う。

時代が変わったのか、昔なら合宿と言えば就寝時間も厳しく、勝手に部屋を出入りなど出来なかっただろう。

「私も、していい?」

「うん……、でも二回したから、できるかどうか……」

言われて法敬が答えると、真希がいきなり半萎えのペニスにしゃぶり付き、さらに身を反転し、彼の顔に跨がってきたのだ。

まだ処女を失ったばかりだというのに、この大胆さは、やはり現代っ子なのだろう。

そう思う法敬もまだ大卒直後なのだが、やはり男子ばかりの大学だったから、彼女たちに比べれば相当にウブなままであった。

とにかく法敬は、目の前に迫った美少女の腰を抱えた。

三人プレイも夢のようだったが、やはりこうして一対一の密室の方が淫靡な感じがし、真希にしゃぶられながらたちまち法敬自身は、元の硬さと大きさを取り戻していった。

潜り込むようにして恥毛に鼻を擦りつけて嗅ぐと、やはり淡い汗の匂いと、ほんのりと可愛いオシッコの匂いが感じられた。

法敬は真希の体臭を貪りながら舌を這わせ、淡い酸味の蜜をすすり、クリトリスを舐め回した。

「ンンッ……！」

真希がペニスを頬張りながら呻き、反射的にチュッと強く吸い付いて、熱い鼻息で陰嚢をくすぐった。そしてお尻をクネクネさせ、法敬の目の前にあるピンクの肛門をヒクヒクと可憐に収縮させた。

法敬は伸び上がり、彼女の肛門もチロチロと舐め、潜り込ませてヌルッとした粘膜も味わった。

真希は根元まで呑み込みながらチュッチュッと吸い付き、内部で執拗に舌をからみつけ、彼自身を生温かな唾液でどっぷりと浸した。

法敬は充分に美少女の肛門を舐め回し、舌を引き抜くと、唾液に濡れたツボミに指を浅く挿し入れた。

第一関節ほどまで潜り込ませ、中で指を蠢かせながらクリトリスに吸い付き、溢れる愛液をすすった。

「あう……、ダメ……」

真希が、スポンと亀頭から口を引き離して呻いた。

「そんなに吸うと、オシッコが漏れちゃう……」

「いいですよ、出して下さい……」

真希が言うので、法敬も期待に胸を高鳴らせて言い、なおも割れ目を舐め回してクリトリスを吸った。

柔肉を舐めていると迫り出すように盛り上がり、指の入った肛門もモグモグときつい収縮を繰り返した。

「く……、出る……」

真希が呻いて言うと、たちまち柔肉の温もりと味わいが変わった。

そしてポタポタと黄金色のシズクが滴ると、間もなくチョロチョロとした緩やかな流れが彼の口に注がれてきた。

法敬は舌に受け止め、夢中になって飲み込んだ。

「アア……、変な気持ち……」

真希は喘ぎ、肛門で彼の指先を締め付けながら放尿を続けた。

熱い流れが喉を潤し、淡い匂いと味が彼を酔わせた。

そして匂いや味覚以上に、美少女から出たものを取り入れる悦びが法敬の全身を満たした。

勢いが増したが、溢れさせてこぼす前にピークが過ぎ、流れが弱まってきた。

法敬は割れ目に口を付け、全て飲み干すことができ、あとは点々と滴るシズクを舐め取り、割れ目内部に舌を這い回らせた。

たちまち新たに溢れる愛液にオシッコの味が洗い流され、淡い酸味が割れ目内部に満ちていった。

「ああ……、いい気持ち……」

出し切ると、真希はピクンとお尻を震わせて言った。

そしてもう一度亀頭にしゃぶり付き、充分に舌をからめてから口を離し、身を起こしていった。

振り返ってペニスに跨がり、幹に指を添え、唾液にまみれた先端を、ゆっくりと膣口に受け入れながら腰を沈み込ませてきた。

5

「アアッ……、いいわ……」

ヌルヌルッと根元まで肉壺に収めると、真希が顔を仰け反らせて喘いだ。

法敬も、肉襞の摩擦に酔いしれ、股間に美少女の温もりと重みを受け止めながら快感を噛み締めた。

まさか十八、九の美少女三人と、次々にセックスする日が来るなど夢にも思わなかったのだ。

みな温もりも感触も微妙に異なるが、やはり自分が女にした真希には思い入れが深く、快感も大きかった。

だから三度目でも、一向に疲労感はなく、まるで今日初めて女体と交わったような気さえするのだった。

「ね、三人の中で誰が一番いい？」

真希が身を重ね、顔を迫らせて囁いた。

「それは、真希ちゃんが一番です……」

「本当？　美雪は綺麗だし、加奈子も色っぽいでしょう？」

「ええ、でも本当に私は真希ちゃんが一番好きだし、気持ちいいです」

法敬は心から言い、熱く濡れてキュッと締まりの良い膣内でヒクヒクとペニスを震わせた。

「そう、嬉しいわ……。本当は、早く寝ようと思ったのだけれど、法敬さんが二人とエッチしたと思うと、どうしても我慢できなくて、最後には私として欲しかったの……」

真希に言われ、法敬は有頂天になった。やはり彼女も、単に快楽の道具として友人たちに彼を売ったわけではなく、それなりに法敬への愛情や執着は持っていたのだ。

法敬は顔を上げ、真希のピンクの乳首に吸い付いて舌で転がした。

「あん……、いい気持ち……」

真希もうっとりと喘ぎ、モグモグと膣内でペニスを味わうように収縮を繰り返した。

彼は左右の乳首を交互に含み、顔中に柔らかなオッパイを受け止めて感触を味わった。もちろん彼女の腋の下にも顔を埋め込み、生温かく湿った汗の匂いを嗅いだ。

夕方に嗅いだときよりだいぶ淡いが、法敬は美少女の体臭を貪った。

「匂いが薄くて残念。またマラソンの直後に嗅がせて下さい」

「いいけど、恥ずかしいわ……」

真希が答え、今度は彼女が屈み込み、彼の左右の乳首を交互に舐め、吸い付いてくれた。

「ああ……、強く噛んで……」

喘ぎながら言うと、真希も綺麗な歯並びで乳首を噛み締め、熱い息で肌をくすぐってくれた。法敬は甘美な痛みに身悶え、膣内のペニスを震わせ、徐々に突き上げはじめた。

「アア……」

真希が喘ぎ、合わせるように腰を遣ってくれた。

「痛くないですか」

「ええ、もう大丈夫……、だんだん気持ち良くなってきたわ……」

気遣って囁くと、真希も健気に答え、実際痛みは薄れたように腰の動きを大きくさせていった。

法敬も高まりながら、近々と迫る美少女の顔を仰ぎ見た。

「ああ……、美しいお嬢様……」

言いながら顔を引き寄せ、唇を求めた。

真希も上からピッタリと唇を重ねてくれ、舌を挿し入れてクチュクチュとからみつけてきた。

「もっとツバを……」

囁くと真希も腰を動かしながら、ことさらに大量の唾液をトロトロと口移しに注ぎ込んでくれた。舌を伝って流れ込む、生温かく小泡の多い唾液を味わい、彼は飲み込んでうっとりと酔いしれた。

さらに、真希の口に鼻を押し込むと、彼女も下の歯並びを彼の鼻の下に引っかけてくれた。

「ああ……、何ていい匂い……」

法敬はうっとりと喘ぎながら、美少女の口の中のかぐわしい熱気を胸いっぱいに吸い込んだ。

甘酸っぱい果実臭をベースに、ほんのりしたガーリック臭の刺激も可愛らしかった。歯磨きのハッカ臭は、あれからだいぶ時間が経ったので唾液で洗い流されたようだ。

「もっと息を吐いて……」

言うと、真希も少々羞じらいながら、熱い息を吐きかけてくれた。

法敬は吸い込み、鼻腔の中まで熱く湿らせ、果実臭の吐息に酔いしれながら興奮を高めた。

「舐めて……」

法敬は思わず言った。

「顔中、あの二人のツバの匂いが残っているわよ……」

すると真希が、鼻を寄せて小さく答えた。

「わあ、ごめんね……」

「ううん、私が綺麗にしてあげるわ……」

真希は言うなり、厭《いと》わず愛らしい舌を滑らかに這わせ、彼の鼻の穴から鼻筋、頬や瞼までペロペロと舐め回し、生温かく清らかな唾液でヌルヌルにまみれさせてくれた。

「ああ……」

法敬は、美少女の最も清潔な舌に顔中を舐められて喘いだ。

そして吐息と唾液の匂いに刺激されて、急激に高まってしまった。

「い、いく……！」

法敬は、とうとう昇り詰めてしまい、口走りながら激しくズンズンと股間を突き上げた。

同時に絶頂の快感に全身を貫かれ、熱いザーメンがドクンドクンと勢いよく真希の内部にほとばしった。

「ああ……、熱いわ、いい気持ち……！」

噴出を受け止めると、真希もそれなりの高まりを得たように喘ぎ、飲み込むようにキュッキュッと膣内を締め付けてくれた。

法敬は心置きなく快感を噛み締め、最後の一滴まで出し尽くし、徐々に動きを弱めていった。

「何だか一瞬、身体が浮かぶような気がしたわ……」

真希が荒い呼吸とともに言った。本格的なオルガスムスまで、もう一歩というところまで来たのだろう。

法敬も完全に動きを止め、すっかり満足しきったペニスを締め付けられながら荒い呼吸を繰り返した。

真希は、まだ自身の奥に芽生えた感覚を探るように収縮を繰り返し、刺激されるたび射精直後で過敏になったペニスがヒクヒクと反応した。

ようやく彼女も全身の強ばりを解き、グッタリと力を抜いて彼にもたれかかってきた。

法敬も身を投げ出し、美少女の喘ぐ口に鼻を押し込み、甘酸っぱい息を嗅ぎながら、うっとりと快感の余韻を味わった。

やがて真希がノロノロと身を起こし、ティッシュを取って、割れ目に当てながら股間を引き離した。

そして移動し、割れ目を拭き清めながらも屈み込んで、愛液とザーメンにまみれた亀頭をしゃぶってくれた。

「あうう……、どうか、もう……」

法敬は強烈な感覚に、降参しながら呻いて言った。

真希はヌメリを丁寧に舐め取って飲み込み、尿道口を綺麗にしてからティッシュで包み込み、優しく拭ってくれた。

「ああ……、どうも有難う……」

法敬は身を投げ出したまま礼を言い、真希も手早くジャージを着た。そして全裸のままの彼に布団を掛けてくれた。

「じゃ、私戻って寝るわ」

「はい、おやすみなさいませ……」

法敬が答えると、真希は立ち上がり、灯りを消して静かに離れを出ていった。

暗くなった部屋で、法敬は目を閉じて出来事を一つ一つ振り返った。

三人もの女子大一年生たちと、続けざまにセックスしたのだ。みな、それぞれに魅力的な美少女である。

こうなると、今まで二十二年間、まったく女性と縁がなかったことが不思議なくらいだった。

まあ、この月影院という場所での修行が、法敬にとって最もラッキーな女性運のポイントだったのだろう。

（まさか、これから奥様が来てしまうなんてことはないだろうな……）

法敬は思い、一瞬身震いした。いくら何でも、もう今夜は充分すぎるぐらい満足だった。

そして彼は、三人の美少女たちの、それぞれの味や匂い、感触などを思い出しながら、いつしか深い睡りに落ちていったのだった。

第四章　キャプテンは処女

1

「どうなさいました？　ご気分でも？」

翌日の昼過ぎ、山のジョギングからコーチの真弓だけ先に帰ってきたので、廊下にいた法敬は声をかけた。

今日も午前中、合宿の五人は本堂や庭の掃除を行ない、昼食後はトレーニングで山へ行っていた。

「ええ、ひと走りしたので、あとはキャプテンに任せることにしました」

二十八歳の真弓は言い、宿坊に戻った。

「あの、少しよろしいですか」

「ええ、何でしょう」

言われて部屋に入ると、やはり真弓と薫子の甘ったるい匂いが生ぬるく立ち籠めていた。

ここで昨夜、隣室を気にしながら声を潜めてレズ行為に及んだのかもしれないと思うと、法敬の股間は我知らず熱くなってきてしまった。

「実はご相談があります。私は独身ですが、今までに何人かの男性と付き合ったことがあります」

「はあ……」

法敬は、彼女が何を言おうとしているのか予想が付かず曖昧に答えた。

「しかし、キャプテンの薫子は、全くの処女なのです。実は私が女同士の悦びを教えてしまいました」

真弓が熱っぽい眼差しで、正面に端座した法敬をじっと見つめて言った。

「今のままではいけないと思い、薫子にも男性を知って欲しいのです。将来を思ってかつて彼女に言ったとき、もしも私が一緒に立ち合うなら、とOKしてくれました」

「……」

「どうか、薫子の最初の男になっていただけないでしょうか」

「え……！」

法敬は、彼女の言葉に驚いて目を丸くした。よくよく、彼の女運は上昇機運に乗っているようだ。

「お坊様なら、秘密は守っていただけるでしょうし、困っている人を助けてくれるものと思います」

「し、しかし……」

「分かってます。法敬さんもまだ大学を出たばかりで、体験がないのだろうと思います。ですから、その前に私が……」

真弓が、甘ったるい匂いを漂わせながらにじり寄ってきた。法敬は、本当に誰も彼も、自分などが相手で良いものだろうかと思った。

「初めてが私ではお嫌なら諦めますが、他に知り合いの男性もおらず困っております」

「い、嫌ではありません……」

法敬は答えていた。

折しも今日子は、車で法敬の檀家回りに付き添っているから夕方まで戻らないし、他の女子大生たちも、しばらくは山にいるだろう。

「では、急いでシャワーを浴びて参りますので、僭越ですが手ほどきさせていただきます」

真弓が腰を浮かせたので、もちろん法敬は押しとどめた。

「あの、私からもお願いが。初めてなので、女性のナマの匂いも知りたいです。どうかシャワーは我慢して下さいませ」

「え……、そんな、走り回ったあとで汗を……」

「どうか、今のままで」

法敬が懇願すると、ようやく真弓も納得して小さく頷いた。

「わ、分かりました……。恥ずかしいけれど、こちらからお願いする以上我慢します。では、とにかく脱ぎましょう……」

真弓が言って、部屋の隅に畳まれていた布団を敷き延べ、自分からジャージを脱ぎはじめた。

法敬も作務衣の上下を脱ぎ去り、シャツと下着も脱いで全裸になり、真弓の匂いの沁み付いた布団に横たわった。

いつものことながら、まだ触れたことのない女性に、初めて触れられるときというのは興奮するものだった。

真弓も全て脱ぎ去ると、さらに甘い匂いを漂わせて添い寝してきた。

「どうか、まずお好きなように……」

彼女が言うので、法敬も甘えるように腕枕してもらい、真っ先に腋の下に顔を埋めてしまった。

「あう……」

真弓も、いきなり腋に鼻と唇を押し当てられて呻き、ビクリと身構えるように肌を強ばらせた。

腋はジットリと生ぬるい汗に湿り、甘ったるいミルクのような体臭と、ほんのりレモンのように甘酸っぱい汗の匂いが悩ましく鼻腔を満たしてきた。

目の前で息づくオッパイも豊かで張りがあり、乳首も乳輪も初々しく淡い色合いをしていた。

今回の合宿メンバーで唯一、法敬より年上のお姉さんである。

今はセミロングだが、かつては薫子のように短髪で凛《りん》とし、多くの同性からも憧れの眼差しを寄せられていたことだろう。

法敬は腋の下を舐め、淡い汗を味わってから移動し、ツンと突き立った乳首にチュッと吸い付いていった。

「アア……」

真弓は熱く喘ぎ、仰向けになって受け身の体勢を取った。

まずは、童貞と思い込んでいる法敬の好きにさせてくれるようだ。あるいは、同性に対しては積極的に愛撫し、男が相手の時は受け身になるタイプなのかもしれないと思った。

法敬は顔中を柔らかな膨らみに押しつけて感触を味わい、舌で乳首を転がしてもう片方にも指を這わせた。

そちらも含んで舐め回し、左右の乳首を充分に味わうと、彼は汗ばんだ肌を舐め下りていった。

形良いお臍を舐めると、さすがに現役は退いても、鍛えられた腹筋が段々になっていた。肌も硬いほど引き締まり、やがて腰からムッチリとした太腿まで舌でたどっていくと、太腿はまるで荒縄でもよじり合わせたように逞しい筋肉が感じられた。

そのまま法敬は、足首まで舐め下りて、さらに足裏に顔を押しつけた。

一見ほっそりした美形だが、さすがに長距離ランナーとしてのキャリアが長いようで、足裏は大きく逞しく、大地を踏みしめる踵は硬かった。

足指も長く頑丈で、彼は足裏に舌を這わせながら指の間に鼻を割り込ませて嗅いだ。

そこは汗と脂にジットリ湿り、ムレムレの匂いが濃く沁み付いていた。

そして爪先にしゃぶり付き、ほんのりしょっぱい指の間に舌を潜り込ませていくと、

「アアッ……、ダメ、汚いのに……」

真弓が声を上げ、彼の口の中で爪先を縮めた。

法敬は全ての指の股を味わい、もう片方の爪先も、味と匂いが薄れるまで貪り尽くした。

そして真弓をうつ伏せにさせ、踵からアキレス腱を舐め上げると、脹ら脛の筋肉も硬く引き締まっていた。

ヒカガミは汗ばみ、張りのある太腿から丸いお尻を舐め上げ、腰から背中に舌を這わせると汗の味がした。

肩まで行き、耳の裏側の蒸れた匂いを嗅ぎ、黒髪の甘い匂いに包まれてから、

うなじから背中を舐め下り、また脇腹に寄り道して軽く歯を立てたりしながらお尻まで戻っていった。

俯せのまま真弓の股を開かせて腹這い、指でムッチリと双丘を広げた。

谷間の奥には、薄桃色の可憐なツボミがひっそり閉じられていた。

鼻を埋め込むと、ひんやりしたお尻の丸みが顔中に心地よく密着し、汗の匂いに混じって秘めやかな微香が籠もっていた。宿坊の女子トイレには、まだ洗浄機が付いていないのである。

彼は充分に美女の匂いを嗅いでから舌を這わせ、細かに震える襞を舐め回し、ヌルッと潜り込ませていった。

「あう……」

真弓が呻き、キュッと肛門で舌先を締め付けてきた。

法敬は執拗に舌を蠢かせ、滑らかな粘膜を味わってから、ようやく顔を上げ、再び彼女を仰向けにさせていった。

脚をくぐり、股間に迫りながら内腿を舐め上げ、熱気と湿り気の中心部に目を凝らした。恥毛はふんわりと柔らかそうに煙り、割れ目からはみ出す陰唇も小振りで形良かった。

溢れる愛液が外にまで溢れ出し、法敬はそっと指を当て、ヌルヌルする陰唇をグイッと左右に広げた。

中もピンクの柔肉が潤い、襞の入り組む膣口が艶めかしく息づいていた。

ポツンとした尿道口もはっきり確認でき、包皮の下からは大きめのクリトリスが、亀頭の形をしてツヤツヤと光沢を放っていた。

ジックリ見てから、法敬は吸い寄せられるように顔を埋め込んでいった。

2

「アア……、い、嫌な匂いしないですか……」

真弓が言う。レズ行為でも、常に匂いを気にしているのかもしれない。

「汗とオシッコの混じった、とってもいい匂いです」

「ああッ……、恥ずかしい……」

法敬がクンクン嗅ぎながら答えると、真弓は腰をよじって喘いだ。

彼は柔らかな茂みに鼻を擦りつけ、甘ったるい濃厚な汗の匂いと、ほんのり刺激的な残尿臭を貪るように嗅ぎ、舌を這わせていった。

トロリとした淡い酸味の蜜が舌の動きを滑らかにさせ、彼は収縮する膣口からクリトリスまで舐め上げた。

「き、気持ちいい……！」

真弓がビクッと顔を仰け反らせて喘ぎ、内腿でキュッときつく彼の顔を締め付けてきた。

法敬もチロチロと弾くようにクリトリスを舐め、美女の体臭に噎せ返り、溢れるヌメリをすすった。

「も、もうダメ、いきそう……、やめて……」

真弓が腰をよじり、声を上ずらせて身を起こしてしまった。早々と果てるのが惜しくなったか、法敬の顔を股間から追い出し、入れ替わりに彼を仰向けに横たえた。

そして屹立したペニスに屈み込み、張りつめた亀頭にしゃぶり付いてきたのである。

「ンン……」

喉の奥まで呑み込んで熱く鼻を鳴らし、上気した頬をすぼめて吸い付いた。中ではクチュクチュと舌がからみつき、たちまち法敬自身は唾液にまみれた。

「ああ……」

彼が快感に喘ぐと、真弓は顔全体を小刻みに上下させ、スポスポと濡れた口で強烈な摩擦を繰り返してくれた。

「い、いきそう……、入れて下さい、上から……」

急激に高まりながら法敬が言うと、真弓もスポンと口を引き離した。

「私が上？　したことないわ……」

「女犯はできませんので、どうか私が下で」

法敬が言うと、真弓は恐る恐る彼の股間に跨がり、唾液にまみれた先端を割れ目に押し当ててきた。互いのヌメリを混じらせるように擦りつけながら位置を定めると、そのまま腰を沈み込ませた。

張りつめた亀頭がヌルッと潜り込むと、あとはヌメリと重みに任せ、ヌルヌルッと心地よい肉襞の摩擦を与えながら根元まで受け入れていった。

「アア……、いいわ……」

真弓が顔を仰け反らせ、久々に男を感じたように喘いだ。

法敬も、深々と呑み込まれ、熱く濡れた肉壺にキュッと締め付けられながら快感を噛み締めた。

さすがに締まりが良く、彼女が上体を起こしたままグリグリと腰を蠢かせると引き締まった腹筋がうねうねと躍動して何とも艶めかしかった。

やがて真弓が身を重ねてきたので、法敬も両手を回して抱き留めた。

すると彼女が上からピッタリと唇を重ねながら、ゆるやかに腰を動かしてきたのだ。

法敬も、彼女の柔らかく密着する唇を味わい、ヌルリと潜り込んだ舌を舐め回した。真弓の息は熱く湿り気があり、花粉のように甘く悩ましい刺激が含まれていた。

そして彼は美女の滑らかな舌を味わい、唾液のヌメリをすすりながら、彼女の腰の動きに合わせて腰を突き上げはじめた。

溢れる愛液で律動が滑らかになり、互いのリズムも一致し、クチュクチュと淫らに湿った摩擦音も聞こえてきた。

「ツバをもっと……」

例によって囁くと、真弓も懸命に唾液を出し、トロトロと彼の口に注ぎ込んでくれた。法敬は生温かく小泡の多い唾液を味わい、飲み込んでうっとりと喉を潤した。

「舐めて……」

さらに法敬が、股間の突き上げを激しくさせながら言って鼻を押しつけると、真弓もヌラヌラと彼の鼻の穴を舐め回してくれた。

「ああ……、何ていい匂い……」

甘い息の匂いと、ほんのり甘酸っぱい唾液の匂いが入り交じり、鼻腔を刺激されながら彼は喘いだ。

「噛んで……」

せがむと、真弓も白く綺麗な歯並びで彼の鼻をそっと噛み、さらに頰の肉もくわえてモグモグと動かしてくれた。

「アア……、いきそう……」

法敬は、美女に食べられていくような快感に喘ぎ、甘い息に酔いしれた。

すると真弓の方も限界が近づいたように腰の動きを激しくさせ、熱い呼吸を繰り返した。

「い、いっちゃう……、気持ちいいわ、アアーッ……!」

真弓が声を上ずらせて喘ぎ、そのままガクンガクンと狂おしい痙攣を開始してオルガスムスに達してしまった。

法敬も、収縮する膣内の摩擦に巻き込まれ、たちまち大きな絶頂の快感に全身を貫かれた。

「く……!」

快感とともに、熱いザーメンを勢いよく内部にほとばしらせると、

「あ、熱いわ、感じる、もっと……!」

噴出を感じた真弓が、駄目押しの快感とともに口走り、キュッキュッと膣内を締め付けてきた。

法敬も下から美女にしがみついて押さえ、両膝を僅かに立てながらズンズンと執拗に股間を突き上げ、心地よい摩擦の中で最後の一滴まで出し尽くした。

そして徐々に動きを弱め、グッタリと力を抜いていった。

「アア……、こんなに感じたの、初めて……」

真弓も満足げに吐息混じりに声を洩らし、遠慮なく法敬に体重を預けてもたれかかってきた。

まだ何度か快楽の波が押し寄せるように真弓はビクッと身を震わせ、膣内の収縮を繰り返した。そのたび、刺激されたペニスが過敏にヒクヒクと内部で跳ね上がって反応した。

「法敬さんは、気持ち良かった……？」

真弓は、あれほど感じてしまったのに、まだ法敬を童貞だと思い込んだまま囁いた。

「ええ、すごく……」

彼は答え、美女の熱く甘い息を間近に嗅ぎながら、うっとりと快感の余韻を噛み締めた。

「じゃ、消灯時間になったら薫子と離れへ行くけどいいですか。それまでには回復しますよね？」

真弓が重なったまま、呼吸を整えながら囁いた。

「ええ、大丈夫です。でも一つお願いが」

「なに？」

「薫子さんには、シャワーを我慢してもらって下さい。何もかも済んだ寝しななら、浴びて構いませんので」

法敬は、恥ずかしいのを我慢して言った。どうせなら存分に楽しみたいのだ。

「え？　だって、今頃ハードに走り回っているのよ……」

彼の言葉に、真弓が怪訝そうに言った。

「ええ、真弓さんがあまりに良い匂いだったので、薫子さんも、もっと濃い匂いを知りたいです」

「まあ……、こちらからお願いするのだから、言ってみますけど、恥ずかしがるでしょうね……」

「もちろんシャワーだけじゃなく、夕食後の歯磨きも控えて下さいね」

「え!? そんな、可哀想なこと……」

「どうかお願いします。自然のままの匂いが濃い方が、すごく感じるのです」

言いながら法敬は、入ったままのペニスがまた膣内でムクムクと回復してくるのを感じた。

しかも、こうして話している間にも、真弓のかぐわしい息が彼の顔中を包み込んでいるのだ。

「あん……、また中で大きく……、そんなに女の匂いに燃えるの……。今まで、縁がなかったのだから仕方がないかもしれないけれど……」

真弓は言い、それでも何とか理解してくれたようだった。

そして回復したペニスから、やっとの思いで股間を引き離した。

もう一度すると夕食時までに腰が立たなくなり、また彼の精力も薫子のために温存しておきたかったのだろう。

真弓は身を起こし、ティッシュでペニスを丁寧に拭ってくれた。そして自分の割れ目も手早く処理して、身繕いした。

法敬も起き上がって作務衣を着ると、また夕方まで自室に戻って、神妙に写経をしたのだった。

3

「済みません、お邪魔します……」

夜、法敬の離れに真弓と薫子がそっと入って来た。

「三人は？」

「今日の練習は、今までで一番ハードだったので、三人ともぐっすり眠ってしまいました」

訊くと、真弓が答えた。

真弓はあれからシャワーを浴びたようだが、薫子は言いつけを守って汗ばんだままモジモジしていた。

「本当に、私が最初の男でよろしいのですか」

「はい、お願いします」

法敬が訊くと、薫子が意を決して頷いた。二十一歳のキャプテン、ショートカットで凛とした切れ長の眼差しをし、日頃は相当に気が強そうだが、今はさすがに羞恥と緊張に頰を強ばらせていた。

恐らく、何も知らないまま女子大に入り、真弓の手ほどきでレズの快感に目覚め、今日まで男を知らずに来てしまったのだろう。

「では、私は見ていますので、どうかお好きに」

真弓が布団の横に座って言うと、薫子もジャージを脱ぎながら言った。

「どうか、真弓さんにしたのと同じことをして下さい」

どうやら、真弓と法敬がしたというのを聞き、真弓と同じ相手なら良いと決心したようだった。

やがて法敬も、激しい興奮に胸を高鳴らせながら脱いでいった。

人助けの一種とはいえ坊主の仕事の領分から外れ、むしろ人の道からも外れるだろうが、もう全員が妖しい雰囲気に包まれ、後戻りできないほど、その気になってしまっていた。

たちまち一糸まとわぬ姿になった薫子が、布団に仰向けになり、同じく全裸になった法敬も迫った。見ているだけのはずの真弓も全て脱ぎ、いつでも参加できるように待機した。

「あの、真弓さんに言われて、シャワーを浴びていないのですが、本当に構いませんか……」

「ええ、自然のままの匂いが一番ですので」

緊張しながら言う薫子に法敬は答え、まずは彼女の足首を摑んで脚を浮かせ、足裏に顔を押しつけていった。

「ああッ……」

薫子がビクリと足を震わせて喘いだ。生まれて初めて男に触れられるのが、足裏というのも意外だったのだろう。

法敬は、真弓に匹敵するぐらい逞しい足裏に舌を這わせ、縮こまった指の股に鼻を割り込ませて嗅いだ。

そこはやはり汗と脂に生ぬるく湿り、蒸れた匂いが今までの誰よりも濃く籠もっていた。法敬は嬉々として、美女のムレムレの匂いを貪り、爪先にしゃぶり付いていった。

「あう……、汚いのに……」

指の股にヌルッと舌を割り込ませると、薫子が声を上ずらせて言った。

法敬は、桜色の爪を噛み、全ての指の股を味わい、もう片方の足にもしゃぶり付いた。

新鮮な匂いを嗅ぎ、ほんのりしょっぱい味わいが薄れるまで貪ると、やがて腹這いになり、薫子の脚の内側を舐め上げていった。

さすがに脛も逞しく、両膝の間に顔を割り込ませ、内腿を舐め上げると実に引き締まっていた。

そして股間の中心部に顔を迫らせると、そこには熱気と湿り気が渦巻くように籠もり、彼の顔中を悩ましく包み込んできた。

恥毛は処理しているのか、ぷっくりした丘にほんのひとつまみほど楚々と煙っているだけ。

割れ目からはみ出す花びらは実に形良く、綺麗な薄桃色をしていた。

指で陰唇を左右に開くと、襞が入り組んで息づく膣の入口が艶めかしかった。

やはり十八で処女だった真希と違い、二十一の処女は微妙に大人っぽい感じで、光沢あるクリトリスも大きめだった。

顔を埋め込み、柔らかな恥毛に鼻を擦りつけると、隅々には濃厚に甘ったるい汗の匂いが沁み付き、それにほのかな残尿臭や、処女特有の恥垢によるものか、微妙なチーズ臭も入り交じって鼻腔を刺激してきた。

「わあ、なんていい匂い……」

今までで一番濃い匂いを感じ、思わず股間から言うと、

「アアッ……！」

薫子が激しい羞恥に熱く喘ぎ、内腿でムッチリと彼の顔を挟み付けてきた。

真弓とのレズ行為でも、今までは互いにシャワーを浴びて綺麗に清潔にしてからしていたのだろう。

法敬は美人女子大生の体臭を胸いっぱいに嗅ぎ、もがく腰を抱えて押さえつけながら舌を這わせた。溢れる愛液はトロリとして、やはり他の子と同じく淡い酸味を含んで舌を濡らし、動きを滑らかにさせた。

彼は膣口の襞をクチュクチュ舐め回し、柔肉をたどってツンと突き立ったクリトリスまで舐め上げていった。

「ああ……、き、気持ちいいッ……！」

薫子が仰け反り、最も敏感な突起を刺激されて喘いだ。

法敬もチロチロと舌先で弾くようにクリトリスを舐めては、熱く溢れる愛液をすすった。

もちろん彼女の腰を浮かせ、逆ハート型の形良いお尻にも顔を迫らせた。

谷間のツボミは、椿の花弁のようにぷっくりと盛り上がって光沢を放ち、何とも艶めかしい形状をしていた。

キャプテンとして、責任感でストレスが溜まるのだろう、何かと力んだりすることも多いのか、法敬は彼女の秘密を知ったような気になって興奮した。

鼻を埋め込むと、淡い汗の匂いに混じり、秘めやかな微香が生々しく鼻腔を刺激してきた。

「アア……、嗅がないで、恥ずかしい……」

薫子も用を足し、自分で匂うことを知っているのだろう。声を震わせて言い、ヒクヒクと可憐なツボミを収縮させた。

法敬は美女の恥ずかしい匂いを心ゆくまで貪り嗅いでから、舌先でくすぐるようにチロチロと舐め回し、粘膜のヌメリを味わい、充分に濡らしてからヌルッと潜り込ませた。

「く……!」

薫子は呻き、侵入した彼の舌先をキュッと肛門できつく締め付けてきた。

法敬は内部で舌を蠢かせ、滑らかな粘膜を味わってから脚を下ろし、再び割れ目に戻っていった。

そして新たに溢れた蜜をすすり、クリトリスを舐め回しながら目を上げると、何と真弓が屈み込み、薫子の乳首を舐め回しているではないか。

そんな様子に高まり、法敬は身を起こして股間を進めていった。

ピンピンに屹立した急角度の幹に指を添えて下向きにさせ、先端を割れ目に擦りつけてヌメリを与え、位置を定めてゆっくり挿入していった。

「あう……！」

張りつめた亀頭が潜り込み、あとはヌルヌルッと滑らかに根元まで貫かれ、薫子が顔を仰け反らせて呻いた。

しかし痛そうな様子はないので、あるいは真弓とのプレイで、指や器具の挿入を体験しているのかもしれない。

法敬は、処女の締まりの良い膣内に深々と押し込んで股間を密着させ、身を重ねていった。

すると真弓も身を離し、薫子の処女喪失を見守った。

屈み込んで色づいた乳首を含むと、甘ったるい体臭に混じり、ほんのりと真弓の唾液の匂いがした。

法敬は顔中を柔らかな膨らみに押しつけて舌で転がし、汗ばんだ胸元や腋から漂う体臭に噎せ返った。

左右の乳首を交互に含んで舐め回し、さらに薫子の腕を差し上げ、腋の下にも顔を埋め込んでいった。

ジットリ汗ばんだ腋は、やはり甘ったるい濃厚な匂いが沁み付き、法敬は胸の奥が溶けるような興奮に何度も深呼吸した。

その間も、根元まで納まっているペニスがキュッキュッと息づくような収縮に刺激されていた。

それでもまだ動かず、法敬は温もりと感触を嚙み締め、さらに薫子の首筋を舐め上げ、形良い唇に迫っていった。

化粧気のない唇が開き、ヌラリと光沢ある健康的な歯並びが覗き、間からは熱く湿り気ある息が洩れていた。鼻を押しつけて嗅ぐと、乾いた唾液の匂いとともに、果実のように甘酸っぱい芳香と、ほのかなオニオン臭の刺激も、鼻腔の天井に引っかかってきた。

濃度を十段階にするなら、七ぐらいあり、法敬は美女の悩ましい匂いに激しく興奮した。

どんなに匂いが濃くても、しっかり女性特有の成分が含まれているから、男の、悪臭とはわけが違うのだった。

そして上から唇を重ね、感触と匂いを貪りながら舌を挿し入れ、薫子の口の中を舐め回した。舌がからみつき、生温かな唾液の潤いが何とも心地よく、法敬は執拗に舌を蠢かせた。

4

「ンンッ……！」

薫子が呻き、法敬の舌にチュッと強く吸い付いてきた。

彼は美女の唾液と吐息に酔いしれ、もう我慢できなくなって小刻みに腰を突き動かしはじめた。

「ああッ……！」

薫子が口を離し、淫らに唾液の糸を引きながら顔を仰け反らせた。

痛そうな様子はなく心地よさそうなので、やはり器具の挿入ぐらいは体験しているようだった。

法敬が次第にリズミカルに腰を突き動かすと、溢れる愛液にピチャクチャと卑猥に湿った摩擦音が聞こえてきた。きつくて締まりは良いが、動きは滑らかになり、揺れてぶつかる陰嚢もネットリと濡れた。

「ああ……、気持ちいい……」

薫子が処女とも思えない反応で喘ぎ、下からしっかりと両手を回して彼にしがみつき、律動に合わせて腰を突き上げはじめてきた。

と、そのとき見ていた真弓が後ろに回り、いきなり法敬の肛門に舌を這わせてきたのだ。

しかもヌルッと長い舌先を潜り込ませてきたので、法敬は入れながら入れられる感覚になり、動くたび真弓の舌も出し入れするように摩擦してくれた。

「い、いっちゃう……」

法敬は、妖しい快感に口走った。

薫子も初めてだから、膣感覚のオルガスムスは望めないので、長く保たせる必要はなかったが、それでももう少し処女の感触を味わっていたかった。

しかし、彼はたちまち昇り詰め、溶けてしまいそうな絶頂の快感に包まれながら、ありったけの熱いザーメンをドクンドクンと薫子の内部に勢いよくほとばしらせてしまった。

「く……！」

快感の波に呻き、思い切り射精するたび肛門をキュッと引き締め、滑らかな真弓の舌を味わった。

「ああ……、出ているのね、熱いわ……」

薫子も噴出を感じながら言い、飲み込むようにキュッキュッと膣内を締め付けてきた。

やがて全て出し切った法敬は、動きを止めてグッタリと力を抜き、締まる膣内でヒクヒクとペニスを震わせた。

ようやく真弓の舌がヌルッと引き抜かれると、法敬は薫子のかぐわしい息を間近に嗅ぎながら、うっとりと快感の余韻に浸り込んだ。

「気持ち良かった？」

「ええ、とても……」

真弓が囁くと、薫子も荒い呼吸を繰り返しながら頷いた。

何やら、男との初体験が良かったと言うより、大好きなお姉さんに借りた道具が良かったと言っているようだった。

法敬は股間を引き離し、薫子の膣口も特に出血がないのを確認した。

「母屋のバスルームを使いましょう」

彼は言い、三人で立ち上がった。夫婦の寝室からバスルームは離れているし、いつでも勝手に使って良いことになっているので構わないだろう。それに宿坊にあるのは狭いシャワールームだけだ。

股間の処理はティッシュで軽くしただけで、三人は足音を忍ばせ、全裸のまま母屋のバスルームへと向かった。

シャワーの湯を浴びて汗を流すと、ようやく薫子はほっとしたようだった。

「ね、こうして……」

法敬は床に座ったまま、二人を左右に立たせ、それぞれの肩を跨がせ、股間を顔に突き出させた。

「どうするの？」

「オシッコをかけて……」

真弓に訊かれ、早くもムクムクと回復しながら法敬は言った。

「そんな、お坊さんにかけたら罰が当たりそう……」

薫子は尻込みして言ったが、法敬は二人の太腿をしっかり抱え、左右の割れ目を交互に舐め回した。

二人とも洗い流したので匂いは薄れてしまったが、舌の刺激に新たな愛液が溢れてきた。

「いいの？　出るわ……」

真弓が先に言い、彼の顔に向けて股間を突き出してきた。その様子に、薫子も慌てて尿意を高めはじめたようだ。

法敬が真弓の割れ目を舐めると、柔肉が迫り出すように蠢き、たちまち温かな流れが溢れてきた。舌ですくい取るように舐めると、流れの勢いが増してチョロチョロと口に注がれた。

味も匂いも控えめだが、量が多くて口から溢れ、胸から腹に温かく伝い流れていった。

「あん、出る……」

薫子も言い、いきなり温かなオシッコを勢いよくほとばしらせてきた。そちらの割れ目にも顔を向けて舌に受け止め、真弓よりやや濃い味わいが喉を潤した。

「アア……、信じられない……」

薫子は、ゆるゆると放尿しながら喘ぎ、ガクガクと膝を震わせた。

法敬は、それぞれの温かな流れを飲み込み、悩ましい匂いにうっとりと酔いしれた。

もちろん二人分のオシッコに温かく浸ったペニスは、もう一回射精しなければ治まらないほどに高まった。

やがて二人の流れが治まると、法敬は左右の割れ目を舐め回して余りのシズクをすすった。どちらも新たな愛液を漏らし、たちまち柔肉は淡い酸味のヌメリに満ちていった。

二人も、まだまだ淫気を高め、このまま寝るつもりはないようだった。

もう一度三人で湯を浴びて股間を洗い流すと、バスルームを出て身体を拭き、再び全裸のまま忍び足で離れへと戻っていった。

今度は法敬が仰向けになると、美女二人が屹立したペニスに屈み込んで顔を寄せてきた。

「これが薫子の処女を奪ったのよ」

「変な形だわ……」

真弓が囁くと、薫子も熱い視線を注ぎながら答えた。

二人の息と眼差しに、勃起したペニスがヒクヒクと反応した。

すると、先に真弓が舌を伸ばしてチロチロと先端を舐め回し、尿道口の粘液を拭い取ってくれた。

顔を引き離して促すと、薫子も同じようにしゃぶってくれた。

「ああ……」

微妙に異なる舌の愛撫に、法敬はうっとりと喘いだ。

やがて二人は顔を突き合わせ、一緒になって亀頭を舐め回し、陰囊にも舌を這わせて睾丸を転がした。

さらに脚を浮かせ、二人は交互に彼の肛門も舐め、ヌルッと舌を潜り込ませてきたのだ。

「あう……」

法敬は、美女たちの舌に代わる代わる犯されて呻き、モグモグと肛門を締め付けて味わった。

充分に舌を蠢かせてから、再び二人はペニスに戻って交互に深々と含み、吸い付きながら舌をからめては交代した。

そして法敬が充分に高まると、見計らったように二人は口を引き離した。

「先に入れる？」

「私は、もう今夜は充分……」

真弓の言葉に薫子が答えた。すると真弓が身を起こし、二人分の唾液にまみれたペニスに跨がってきた。

先端を、愛液に濡れた割れ目に押し当て、ゆっくりと腰を沈み込ませると、たちまち肉棒はヌルヌルッと滑らかに根元まで呑み込まれていった。

「アアッ……、いい気持ち……」

真弓が顔を仰け反らせて喘ぎ、ピッタリと股間を密着させて座り込んだ。

法敬も、肉襞の摩擦と熱いほどの温もりに包まれ、すっかり高まってきた。

薫子も、セックスで喘ぐ真弓に驚いたように目を凝らし、しっかり繋がっているのを恐る恐る覗き込んで確認したりした。

やがて真弓はグリグリと股間を擦りつけ、締め付けながら感触を味わい、身を重ねてきた。

すると薫子も添い寝してきたので、法敬は二人の顔を抱き寄せ、同時に唇を重ねていった。

「ンン……」

真弓がうっとりと熱く鼻を鳴らし、舌を挿し入れてきた。すると薫子も割り込むように唇を押しつけ、舌をからませた。

法敬は、美女たちの舌を味わい、混じり合った唾液で喉を潤しながらズンズンと股間を突き上げはじめていった。

5

「ね、ツバをいっぱい飲みたい……」

法敬が言うと、真弓も薫子も懸命に唾液を分泌させ、続けて彼の口にトロトロと吐き出してくれた。

彼は混じり合った生温かな唾液を味わい、細かに弾ける小泡の感触を堪能してから飲み込んだ。

「ああ……、もっと、顔中にも……」

うっとりと酔いしれながらせがむと、二人は顔を寄せ、唾液を垂らしながら舌を這わせてくれた。

唾液の匂いに混じり合った息が何とも悩ましく、刺激的に鼻腔を掻き回した。甘酸っぱい薫子の息に、真弓の花粉臭がミックスされ、二人の吐息で肺を満たすだけで、今にも果てそうになってしまった。

二人は両の鼻の穴から頬、耳の穴も舐めてくれ、たちまち法敬の顔中は美女たちのミックス唾液でヌルヌルにまみれた。

「嚙んで……」

言うと、二人は彼の耳たぶや頬を軽く嚙み、咀嚼するようにモグモグと動かしてくれた。

法敬は、美女たちに食べられているような快感に見舞われ、またそれぞれと舌をからめ、滑らかな感触を味わった。

そして唾液と吐息に興奮を高めながら股間の突き上げを激しくさせると、

「アア……、いきそう……」

真弓も腰を遣いながら声を上ずらせた。

大量の愛液が溢れて動きが滑らかになり、卑猥な摩擦音も続いた。

すると薫子まで喘ぎはじめたので、見ると彼女は肌を密着させながら、自らクリトリスに指を這わせていたのだった。

「い、いく……！」

法敬は昇り詰めて呻き、大きな絶頂の快感に全身を包み込まれた。同時に、熱い大量のザーメンをドクドクと勢いよく柔肉の奥にほとばしらせた。

「あう……、気持ちいいッ……！」

噴出を受け止めると同時に真弓も声を上げ、ガクンガクンとオルガスムスの痙攣を開始した。

さらに薫子も、オナニーで絶頂に達したようだった。

「アアッ……！」

熱く喘ぎながら、ヒクヒクと身を震わせた。

法敬は快感を嚙み締めながら、最後の一滴まで心置きなく真弓の中に出し尽くし、徐々に突き上げを弱めていった。

「ああ……、良かった……」

真弓も満足げに声を洩らし、肌の強ばりを解いてグッタリと彼に体重を預けてもたれかかってきた。

まだ膣内はキュッキュッと収縮し、刺激されるたび射精直後のペニスが過敏に反応し、ヒクヒクと内部で跳ね上がった。

薫子も自らの股間から指を離し、横から肌をくっつけながら荒い呼吸を繰り返した。

法敬は二人の温もりに包まれ、それぞれのかぐわしい息を嗅ぎながら余韻に浸り、すっかり満足して力を抜いていった。

三人は呼吸を整えると、ようやく真弓がヌルッと股間を引き離し、ティッシュでペニスを拭いてくれた。

そして美女二人は、もう一度バスルームへと行ったのだった。

法敬もシャツとトランクスを穿き、もう今夜はこのまま寝てしまおうと思ったのだが、ふと思い立って離れを出た。

せっかく真弓と薫子がバスルームに行っているのだからと、こっそり宿坊の方を覗いてみたくなってしまったのだ。

すっかり満足したつもりでも、相手が代わると急激に淫気を催してしまった。

足音を忍ばせて廊下を進み、宿坊の襖を開けてそっと中に入り込んだ。

真希と、加奈子と美雪が、さすがに疲れたのか、それぞれの布団でぐっすりと寝入っていた。

室内には、生ぬるく濃厚に甘ったるい美少女たちの匂いが籠もっていた。

湯上がりとはいえ、三人となると思春期の体臭は消しようもないのだろう。それに髪の匂いや吐息も混じり合い、噎せ返るようなフェロモンに法敬はまたもやムクムクと回復してきてしまった。

法敬は屈み込み、布団からはみ出している三人の爪先に鼻を当て、順々に嗅いだが、それほど匂いはなかった。

それで顔の方に迫り、それぞれの唇に鼻を押しつけ、乾いた唾液と甘酸っぱい息の匂いを吸い込むと、悩ましい刺激がペニスに伝わってきた。

みな口を僅かに開き、熱く湿り気ある呼吸を繰り返しているのだ。

三人とも似た匂いで、やはりこれが少女のフェロモンなのだろう。

そして胸元から洩れ漂う熱気も、甘ったるい汗の匂いが含まれ、嗅いでいるだけで幸せな気分に浸れた。

順々に唇を重ね、寝息を嗅ぎながら乾いた唇を舐め回した。

少々触れても、三人とも寝息が乱れることもなく熟睡していた。

もちろん割れ目を舐めたり、挿入するようなことはできない。それをすれば、さすがに目を覚ましてしまうだろう。すでに三人とは関係しているが、間もなく真弓と薫子も隣室に戻ってきてしまう。

それに今日は満足しているので、法敬もこのうえ射精する気はなく、ほんの少し悪戯したいだけだった。

そこで回復したペニスを出し、そっと三人の口に押し当てようとした。

すると、そのとき廊下に気配を感じたのだ。

真弓と薫子ではない。法敬は本能的に、隣室に避難した。そこは真弓と薫子の部屋で、そちらにも甘ったるい匂いが充満していた。

襖の隙間から様子を窺うと、何と住職の無三がそっと忍び込み、法敬がしたように、三人の爪先を舐めたり、唇に迫ったりしはじめたではないか。

(何て不埒な……)

法敬は自分を棚に上げて思ったが、以前夫婦の寝室を覗き見た興奮が甦ってしまった。

すると無三は、加奈子や美雪ではなく、彼は真っ先に娘の真希の唇を求めはじめたではないか。

「真希ちゃあん……」

無三は囁き、血は繋がっていないとはいえ、娘の唇をペロペロと舐め回そうとした。

しかし、その時である。

そっと襖が開いて今日子が入ってきたのである。

「あなた、何やってるの！」

今日子が声を潜めて無三を叱りつけ、耳を引っ張った。

「いたたた、寝冷えしないように見に来ただけだよお……」

「自分の娘に何をしようとしたのです」

「だって、今日子の若い頃はこんななかなあと思って、つい……」

「今度こんなことをしたら、真希と一緒に出ていきますからね」

「わあん、もうしませんから、そんなこと言わないで……」

今日子に叱られながら、無三は泣く泣く宿坊を引っ張り出されてしまった。

その足音が遠ざかると、法敬もほっと力を抜いた。

まあ、あのしっかり者の今日子がいれば、無三のことは厳重に監視してくれるだろう。

法敬もすっかり興奮が覚め、もう三人の部屋に入ることなく、そっと離れへと戻っていったのだった。夫婦も寝室に入ったようだし、間もなく真弓と薫子もバスルームを出て、宿坊に戻ったようだった。

(とうとう、全員としてしまったなあ……)

法敬は思い、真希を含む合宿の五人と今日子、それぞれの裸体の様子や感触、味や匂いなどを思い出した。

するとまたムラムラと淫気が湧き上がってしまったが、もう今夜は大人しく寝ることにした。

そういえば、まったくオナニーというものをしていないのだ。

この寺へ来て、射精といえば全て女体を相手にしているのである。これは恐ろしいほどの女運であった。

国許にいる厳格な父親は、法敬が真面目に修行していると思い込んでいることだろう。

そして法敬自身、仏道に身を投じオナニー衝動すらも抑えて今日まで来たというのに、ここへ来て六人もの女性を知ってしまったのだった。

しかも、そのうち二人は母娘で、しかも複数プレイまで体験してしまったのである。

(大丈夫なのだろうか。罰が当たるようなことは……)

法敬は、あまりの幸運続きに不安になった。

しかし、それでも能天気な無三を見れば、罰など当たらないのかもしれないとも思った。

（明日はまた、誰かとできるのだろうか……）

法敬は思い、懸命に勃起を抑えながら目を閉じ、やがて深い睡りに落ちていったのだった……。

第五章　未亡人の白い尻

1

「お疲れ様でした。ではお茶でも」

法敬が読経を終えると、喪服姿の亜佐美《あさみ》が言った。

今日は、所用のある無三の代わりに、法敬が経を読みに檀家へと来ていたのだった。

亜佐美は三十二歳、子供がいて、法要は亡夫の三回忌だった。アパート暮らしで、ろくな布施や塔婆代も出せないようだから寺では行なわないが、元小学校教師のメガネ美人だから、無三も何かと面倒を見ていたようだ。

なるほど、無三と今日子の出会いも、このような状況だったのだろう。

亜佐美は黒髪をアップにし、メガネが知的な雰囲気を出し、和服をきっちり着こなして実に艶やかだった。

「このアパートも引き払って、水戸にある実家に帰ることにいたしました」

「そうですか」

「ご住職にも、どうかよろしくお伝え下さいませ」

「承知いたしました」

法敬は答え、室内を見回した。

簡単な仏壇の他は、もう荷造りが済み、あとは今夜寝る分の布団があるだけのようだ。子供は先に実家に預け、明日、亜佐美は一人でこの土地を離れるようだった。

亭主も教師だったようだが、交通事故死らしい。

もちろん今日は法敬も作務衣ではなく、法衣を身にまとっていた。

「実はご住職には、何度も口説かれました」

「え……」

言われて見ると、亜佐美は笑みを浮かべて茶を淹《い》れていた。

「旦那が死んで寂しいだろうけど、わしなら口が固いから大丈夫って」

「そ、そうでしたか……」

「もちろんお断わりし続けましたが、確かに寂しいのは本当なので、あと少しで身を任せてしまうところでした」

亜佐美が茶を差し出して言う。

確かに、明日にはこの土地を離れるのだし、欲求が溜まっていれば応じてしまう可能性もあったのだろう。まして坊主なら、そのあと脅迫めいて関係を迫られることもない。

「では、もし今日来たのが和尚様だったら……」

「さあ、どうでしょう。やっぱりお断わりしたと思います」

「そうですか……、そうでしょうね……」

法敬は、この淑《しと》やかそうな未亡人を前にした、無三の醜怪な巨体を思い浮かべて答えた。

「でも、あなただったら……」

「え……？」

いきなり言われ、法敬は茶に噎せ返りそうになった。

「お若いけれど、おいくつですか？」

「二十二です。まだ新米です……」

「まあ、恋人は？」

「お、おりません……」

体験した数は多いけれど、また法敬は無意識に無垢なふりをしてモジモジと答えた。

「ならば性欲の処理も大変でしょう。もし私でよければ、いかがでしょう。ご住職ならお断わりですが、若いお坊様なら、私の方からお願いいたします」

「そ、そんな……」

またしても女運が巡り、法敬は目を白黒させた。

（お線香より、お万香……）

という、無三の言葉が甦った。

「私は明日水戸へ発ちます。ですから一期一会ですが、二人だけの秘密で……。それとも子持ちの後家が初めての女ではお嫌ですか……？」

亜佐美が、メガネの奥で切れ長の目を神秘的に輝かせて言った。自分から誘うこの美女からは、匂うような色気とともに、淫気の迫力すら感じられた。

「い、いえ……」

「戒律を破るのが恐いですか。でも僧侶として、女の苦しみを癒《いや》すのも人助けと思います」

煮え切らない返事の法敬に、彼女が続けて言った。

「わ、分かりました。そこまで仰るなら、僭越ながら拙僧がお相手を。いや、どうか教えて下さいませ」

礼儀正しい彼女につられ、法敬も気取った話し方になってしまった。

「そう、嬉しいです。ではこちらへ」

亜佐美は立ち上がり、押し入れを開けて一組だけ残っている布団を手早く敷き延べた。

「さあ、ではお脱ぎ下さい」

彼女が言って、自分も帯を解こうとしたので、法敬は押しとどめた。

「あの、いろいろとお願いが……」

「はい、無理なお願いをしているので、どのようなことでも仰って下さい。何でも言うことをききます」

法敬が言うと、亜佐美は実に嬉しいことを言ってくれた。

「で、では、まだ着たままで、お尻を見せて下さいませ……」

法敬は恥ずかしいのを我慢して言った。どうにも亜佐美の和服の尻が豊かで、真っ先に見たいと思ってしまったのだ。

「まあ……、恥ずかしいけれど、お望みなら……」

亜佐美は少し驚いたようだが、何でも言うことをきくと言った手前、すぐにも応じてくれた。

彼女は立ったまま喪服と腰巻の裾をめくってゆき、白い脹ら脛からムッチリした太腿まで露わにしていった。

やはり、同じ脚でも水着で見るのとは違う。和服がめくれていく様子はまた格別だった。

やがて彼女は前屈みになり、座った法敬の顔に白く豊かなお尻を突き出してくれた。

「ああ……」

亜佐美が激しい羞恥に声を洩らし、法敬も興奮しながら顔を寄せた。

「どうか、お布団にうつ伏せに……」

言うと、彼女もそのまま四つん這いになり、顔を布団に押しつけた。

お尻だけ高く持ち上げているので、谷間までよく見えた。

真下に見える割れ目からは、ネットリとした蜜が溢れ、内腿にまで糸を引いていた。

まずはお尻の谷間だ。両の親指で広げると、可憐な薄桃色のツボミがひっそり閉じられ、形良く揃った襞を震わせていた。

鼻を埋め込むと顔中に双丘が密着して弾み、秘めやかな微香が悩ましく沁み付いていた。

やはりこのアパートのトイレには、洗浄機は付いていないのだろう。

法敬は美女の恥ずかしい匂いを貪り、舌先でチロチロとツボミを舐め回して襞の感触を味わった。

さらにヌルッと潜り込ませて粘膜を舐めると、

「あう……！」

亜佐美が顔を伏せたまま呻き、潜り込んだ彼の舌を肛門でキュッと締め付けてきた。彼は執拗に舌を出し入れさせるように動かし、顔中で豊かなお尻の丸みを味わった。

それにしても、最初に触れたのが肛門というのも珍しいだろう。

「ああ……、こんなことされたの初めて……」

亜佐美がお尻をクネクネさせて喘ぎ、とうとう突き出していられなくなり、ごろりと横向きになってしまった。

法敬は顔をお尻から離すと、スベスベの脚を舐め下り、コハゼを外して両の白足袋を脱がせた。

そして屈み込んで足裏に顔を押し当て、舐め回しながら指の間に鼻を割り込ませて嗅いだ。どうやら今日も、着替えて法敬が来る前までは荷造りで動き回っていたらしく、指の股は汗と脂にジットリ湿り、生ぬるく蒸れた匂いが濃く沁み付いていた。

法敬は美女の足の匂いに酔いしれながら爪先をしゃぶり、指の間を全て舐め回してから、もう片方の足も貪った。

「アア……、ダメ、汚いですから……」

亜佐美はヒクヒクと脚を震わせながら喘ぎ、彼の口の中で爪先を縮めた。

やがてすっかり堪能すると法敬は身を起こし、法衣を脱ぎはじめた。

するとハアハア息を弾ませながら亜佐美も身を起こし、気を取り直したように帯を解いていった。

衣擦れの音とともに、みるみる未亡人の熟れ肌が露わになり、籠もっていた甘ったるい匂いが解放されて揺らめいた。

法敬が全裸になって勃起したペニスを露わにすると、たちまち亜佐美も一糸まとわぬ姿になり、あらためて布団に仰向けになった。

思っていたとおり巨乳で、腰も実に豊満で色っぽかった。

そしてメガネを外すと、モデルか女優でも勤まりそうに、何とも清楚で整った素顔が現れたのだった。

2

「では、どうか見せて下さいませ……」

法敬は、いきなり肛門を舐めるという大胆な行為をしたばかりというのに、また無垢に戻ったふりをして神妙に言い、亜佐美の脚の内側を舐め上げ、両膝の間に顔を割り込ませていった。

「ああ……」

亜佐美は、股を開きながら羞恥に喘いだ。

あるいは童貞男が、我慢できずにすぐにも挿入してくると予想し、それで急いでシャワーを浴びることもしなかったのかもしれない。

熱気と湿り気の籠もる割れ目に顔を寄せると、さっきより愛液の量が増え、興奮に色づいた陰唇全体がネットリと粘液にまみれていた。

指で陰唇を広げると、指がヌルッと滑るほどで、また奥に当て直して開いた。

膣口の襞がヒクヒクと息づき、そこは白っぽく濁った本気汁がまつわりついていた。

クリトリスも大きめで、黒々と艶のある恥毛も情熱的に濃く密集していた。

「アア、そんなに見ないで……」

亜佐美が、彼の熱い視線と息を感じて声を震わせ、ヒクヒクと白い下腹を波打たせた。

法敬も我慢できず顔を埋め込み、柔らかな茂みに鼻を擦りつけた。

甘ったるい汗の匂いが濃厚に籠もり、それに悩ましい残尿臭の成分も鼻腔を刺激してきた。

法敬は美女の体臭を何度も嗅ぎまくりながら胸を満たし、濡れた割れ目に舌を這わせていった。

舌先で収縮する膣口の襞をクチュクチュと掻き回し、淡い酸味のヌメリをすすりながらツンと突き立ったクリトリスまで舐め上げた。

「あぁッ……！　本当に初めてなの？　上手すぎるわ……」

亜佐美がビクッと激しく顔を仰け反らせ、内腿でムッチリと彼の両頰を締め付けながら喘いだ。

法敬も豊かな腰を抱え込んで美女の体臭を嗅ぎながらチロチロとクリトリスを舐め回し、さらに指を膣口に浅く挿し入れ、小刻みに内壁を摩擦した。

徐々に奥へ潜り込ませていくと、指は熱く濡れた膣内に滑らかに吸い込まれていった。

そのまま天井のＧスポットあたりを指の腹で擦りながら、なおもクリトリスを吸うと、

「あうう、ダメ、漏れちゃう……」

亜佐美が息を詰めて呻き、熟れ肌を波打たせて悶えた。

しかし、執拗にクリトリスに吸い付き、天井の膨らみを擦り続けると、とうとう温かな愛液が噴出してきた。

「アアーッ……！」

亜佐美が声を上げ、射精するように潮を噴いた。

あるいは彼女にとって初めての経験で、出そうになる感覚を尿意と勘違いしたのかもしれない。

味も匂いもない液体を舐め取り、やがて亜佐美がグッタリと放心状態になってしまうと、ようやく法敬は股間から這い出し、横向きになった彼女と向かい合わせに添い寝し、腕枕してもらった。

亜佐美も、小さなオルガスムスの波に熱く喘ぎながら、ギュッと彼の顔を豊満な胸に抱きすくめてくれた。

生ぬるく甘ったるい肌に包まれて、鼻先に迫った乳首を見ると、それは濃く色づき、頂点にポツンとした白濁のシズクが浮かんでいた。

(ぼ、ぼにゅーっ……!)

法敬は、まるで無三のように心の中ではしゃいだ。

三回忌だから夫が死んで丸二年。忘れ形見の赤ん坊が一歳としても、まだ辛うじて母乳が出るのだろう。

法敬は乳首に吸い付き、顔中を柔らかな膨らみに押しつけた。

シズクを舐め取り、なおも吸ったが、なかなか出てこない。

すると亜佐美が自ら膨らみを揉みしだいてくれ、さらに法敬も唇を引き締めて乳首の芯を挟むようにしながら吸うと、生ぬるく薄甘い母乳が滲み出て舌を濡らしてきた。

いったん要領が分かると、続けざまに吸い出して飲み込むことができた。

亜佐美も息を弾ませながら、彼の坊主頭を優しく撫で、好きなだけ飲ませてくれた。

やがて彼女が仰向けになったので、法敬ものしかかるようにして、もう片方の乳首を含み、母乳を吸いながら舐め回した。

「ああ……、いい気持ち……、もっと飲んで……」

亜佐美もうっとりと喘ぎ、再び腰をくねらせて悶えはじめた。

法敬は左右の乳首を交互に吸い、母乳でうっとりと喉を潤してから、彼女の腋の下にも顔を埋め込んでいった。

すると、そこは今日子のように淡い腋毛が煙り、甘ったるい濃厚な汗の匂いが濃く籠もっていた。

彼は美女の体臭に噎せ返り、充分に嗅いでから首筋を舐め上げ、唇に迫っていった。

亜佐美が、薄目で熱っぽく彼を見上げていた。

形良い唇が開き、白い歯並びが覗き、間から熱く湿り気ある息が洩れていた。

鼻を押しつけて嗅ぐと、乾いた唾液の匂いに混じり、真弓に似た花粉のように甘い口の匂いが鼻腔を刺激してきた。

美女の吐息を胸いっぱいに吸い込むと、その刺激でペニスがヒクヒクと歓喜に震えた。

しばし法敬は、美女の肺から出る空気だけを吸い、甘い刺激で胸を満たした。

そして唇を重ね、柔らかな感触を噛み締めながら舌を挿し入れていった。

「ンン……」

亜佐美も舌をからませ、熱く鼻を鳴らした。

法敬は執拗に美女の舌を舐め回し、生温かな唾液を味わった。

やがて唾液と吐息に酔いしれると、彼は仰向けになった。すると亜佐美も察したように、入れ替わりに上になってきた。

彼の乳首を舐め、熱い息で肌をくすぐりながら吸い付いた。

「ああ……、噛んで……」

法敬がせがむと、亜佐美も綺麗な歯でキュッと乳首を噛んでくれた。

「気持ちいい……、もっと強く……」

喘ぎながら言うと、亜佐美もキュッキュッときつく歯を食い込ませた。今までは受け身だったが、本来は手ほどきする側だから、積極的に愛撫する方が生き生きしてきたように思えた。

彼女は左右の乳首を交互に舐め回し、音を立てて吸い、歯による愛撫も繰り返してくれた。

そして亜佐美は彼の肌を舐め下り、ペニスに顔を寄せていった。

股間に熱い息を感じながら期待して待っていると、彼女のしなやかな指が幹を支え、先端にチロチロと舌が触れてきた。

「ああ……」

法敬は快感に喘ぎ、ヒクヒクと幹を震わせた。

亜佐美も丁寧に舌を這わせ、尿道口から滲む粘液を舐め取り、張りつめた亀頭にもしゃぶりついてきた。

スッポリと根元まで呑み込むと、熱い鼻息で恥毛をそよがせ、上気した頬をすぼめて吸い付いた。唾液に濡れた口はモグモグと幹を丸く締め付け、内部ではクチュクチュと舌が執拗に蠢いた。

ペニス全体は、美女の温かな唾液にどっぷりと浸り、ジワジワと絶頂を迫らせていった。

「で、出そう……、もう入れたいです……」

降参するように言うと、亜佐美もスポンと口を引き離してくれた。

「どうか、上から跨いで下さい……」

法敬が言うと、亜佐美も身を起こし、ためらいなく彼の股間に跨がってきた。

そして幹に指を添え、先端を膣口に受け入れ、息を詰めて腰を沈み込ませていった。

「アアッ……！」

ヌルヌルッと滑らかに根元まで膣口に呑み込みながら、亜佐美が顔を仰け反らせて喘いだ。相当に久しぶりだから快感が大きく、しかも無垢と思っているので感慨も深いのだろう。

深々と受け入れて座り込み、彼女は股間を密着させてきた。

法敬も、重みと温もりを噛み締め、肉襞の摩擦と締まりの良さにうっとりとなった。

じっとしていても、味わうような艶めかしい収縮が繰り返された。

亜佐美が何度かグリグリと股間を擦りつけると、腰巻の紐の痕のある腹部が、うねうねと艶めかしく躍動した。

ボリューム満点の巨乳もたわわに揺れ、色づいた乳首からはまた母乳のシズクが滲みはじめていた。

そして彼女は覆いかぶさり、徐々に腰を動かしはじめたのだった。

3

「顔に、かけて……」

法敬が言うと、亜佐美も両の乳首をつまみ、キュッと絞り出してくれた。

すると無数の乳腺から霧状になった母乳が彼の顔中に降りかかり、さらに指の間からもポタポタ滴ってきた。

法敬は甘ったるい匂いに包まれながら、生ぬるい母乳に酔いしれた。

そして絞り尽くすと、亜佐美が顔を寄せ、彼の顔中を濡らしたシズクをヌラヌラと舐め回してくれたのだ。

「アア……、気持ちいい……」

彼はうっとりと喘ぎ、滑らかに蠢く舌の感触と、唾液と吐息と母乳の入り交じった匂いの刺激に、膣内でヒクヒクと幹を震わせた。

「ツバも飲みたい……」

せがむと、亜佐美も唾液を分泌させて形良い唇をすぼめ、白っぽく小泡の多い粘液をトロトロと吐き出してくれた。

法敬は舌に受け止めて味わい、飲み込んで心地よく喉を潤し、甘美な悦びで胸を満たした。

快感に股間を突き動かすと、亜佐美も合わせて腰を遣いはじめた。

「ああ……、いいわ、奥まで届く……」

彼女が喘ぎながら締め付け、次第に動きを速めていった。

また潮を噴くように股間が温かくなり、内腿までビショビショになりながらシーツにも沁み込んでいった。

「い、いっちゃう……、ああーッ……！」

欲求の溜まっていた亜佐美は、すぐにもオルガスムスに達してしまい、声を上ずらせながらガクンガクンと狂おしい痙攣を繰り返した。

法敬も両手でしがみつきながら股間を突き動かし、昇り詰めていった。

「く……！」

突き上がる絶頂の快感に呻き、ありったけの熱いザーメンをドクンドクンと勢いよくほとばしらせ、奥深い部分を直撃した。

「あう……、熱いわ……」

噴出を感じ、亜佐美は駄目押しの快感に呻き、さらにキュッキュッと締め付けてきた。

法敬は最後の一滴まで出し尽くし、満足しながら徐々に動きを弱めていった。

「アア……、良かったわ。溶けてしまいそう……」

亜佐美も満足げに声を洩らし、熟れ肌の硬直を解きながらグッタリと彼に体重を預けてきた。

法敬は重みを受け止め、まだ収縮する膣内で断末魔のようにピクピクと幹を過敏に震わせた。そして甘い刺激の息を嗅ぎながら、うっとりと快感の余韻を噛み締めたのだった……。

——狭いバスルームで、二人は身を寄せ合って身体を流した。

もちろんバスルームとなると、法敬は例のものを亜佐美に求めてしまった。

「ねえ、オシッコをかけて……」

飲ませてと言うと変態と思われるので、かけてと言ったのだが、それでも亜佐美は充分に驚いたようだった。

「まあ……、どうして……」

「綺麗な女性が出すところを見たいし、ほんの少しでいいから……」

「少しじゃなく、いっぱい出ちゃうかもしれないわ……。すぐに洗い流すのよ」

亜佐美は言い、どうやら応じてくれるようだった。

法敬はプラスチックの椅子に座ったまま、彼女を目の前に立たせ、片方の足をバスタブのふちに乗せさせた。

濡れた恥毛に鼻を埋めると、もう濃厚だった匂いは薄れてしまった。

そして割れ目に舌を這わせると、新たな愛液が溢れ出してきた。

「出ちゃうわ……、顔を離して……」

「このままでいい……」

答えると、亜佐美もすっかり尿意が高まったように、そのまま出してくれた。

「アア……、変な気持ち……」

彼女はチョロチョロと放尿しながら喘ぎ、法敬の頭に両手をかけた。

法敬は舌に熱い流れを受けながら喉に流し込み、上品で控えめな味と匂いを堪能した。

「ダメよ、飲んだら……」

亜佐美は言いながらも、すっかり朦朧としながら、言葉とは裏腹に両手で彼の顔を股間に押しつけていた。

ガクガクと膝を震わせ、意外なほど長く放尿が続いた。

口から溢れた分が胸を伝い、もちろん味わいながらペニスはムクムクと回復していった。

ようやく流れが治まると、亜佐美はピクンと下腹を震わせ、そろそろと足を下ろした。

なおも割れ目に口を付けて余りのシズクをすすり、柔肉を舐め回すとまた新たに淡い酸味の愛液が溢れてきた。

「さあ、もういいでしょう。交代して」

彼女が言い、法敬が立ち上がると入れ替わりに椅子に座った。そして彼をバスタブのふちに座らせ、顔の前で股を開かせた。

「もうこんなに大きく……」

亜佐美は言って顔を寄せ、包皮を剝いてツヤツヤした亀頭をクリッと完全に露出させた。そして乳首を先端に押しつけ、弾くように愛撫してから、巨乳の谷間に挟んでくれた。

さらに屈み込んで舌を伸ばし、尿道口を舐め回してきた。

「ああ……」

法敬はうっとりと喘ぎ、股間に熱い息を感じながら、ペニスを最大限に膨張させていった。

亜佐美もオッパイを引き離し、本格的なおしゃぶりを開始した。

喉の奥まで呑み込み、チューッと吸い付きながら目を上げて彼を見た。艶めかしくおしゃぶりをしながら見上げられるのも興奮し、彼は視線だけで高まってしまった。

「い、いきそう……」

「いいのよ。飲ませて。いっぱいお乳を飲んでくれたから、今度は私が」

腰をくねらせて言うと、彼女も股間から答え、再びパクッと含んできた。

そしてたっぷりと唾液を溢れさせ、顔を前後させながらクチュクチュとお行儀悪く音を立てて摩擦してくれた。

内部ではチロチロと舌が蠢き、唾液にまみれたペニスが快感に震えた。

「アア……、気持ちいい……、いく……！」

たちまち法敬は絶頂に達してしまい、喘ぎながら勢いよく射精した。

「ク……、ンン……」

喉の奥に噴出を受け止めた亜佐美が小さく呻き、なおも頬をすぼめて吸い出してくれた。

法敬は心ゆくまで快感を噛み締め、最後の一滴まで出し尽くした。

そして彼が力を抜くと、亜佐美も吸引を止め、亀頭を含んだまま口に溜まったものをゴクリと一息に飲み込んでくれた。

このザーメンが吸収され、彼女の中で母乳に再生されるのだろうか。

法敬はうっとりと余韻の中で思いながら、美女の口の中で幹をヒクヒク上下させた。

「濃くて美味しかったわ。二回目でもいっぱい出たわね……」

ようやく彼女がチュパッと口を引き離し、艶めかしい眼差しで見上げて言い、ヌラリと舌なめずりした。

そんな仕草に、法敬はまた回復しそうになる気持ちを抑えた。

やがて二人でもう一度湯を浴び、身体を拭いてバスルームを出た。

そして亜佐美も引っ越しの準備があるので、そこで法敬も身繕いをし、名残惜しいまま彼女のアパートを出たのだった。

4

「行って参りました」

「ああ、ご苦労さん。彼女の様子はどうだった？」

寺へ戻り、法敬が亜佐美のアパートで法要を済ませたことを無三に報告した。

「はい、明日にも水戸へ引っ越すと言っていました」

「ああ、そうかあ……、残念だなあ……」

無三は心からガッカリしたように言い、抱いてしまった法敬は彼に済まないと思った。

「これからでも飛んで行きたいところだが、どうしても抜けられない用事があるからなあ……」

無三は身悶えしながら言い、自分の部屋へ入ってしまった。

法敬は自室で法衣から作務衣に着替え、また写経や読経の勤めをした。

女子大生たちがいる間は、多少は掃除もさぼれるから楽である。しかし、その合宿も終盤に入っていた。

その夜は何事もなく終わり、女性の誰かが離れに来ることもなかった。法敬はオナニーもせず、一期一会の亜佐美を思い出しながら寝た。

そして翌日、朝の勤行に珍しく無三が姿を見せた。どうやら先日の研修の流れで、また都内で会合があるらしく、坊主らしい雰囲気を取り戻そうとしているのだろう。

法敬も一緒に読経を上げ、女子大生たちも神妙に後ろで正座して手を合わせていた。もちろん禅宗ではないので、座禅を組んだりの精神統一の修行はない。

やがて読経を終えると、無三が女の子たちに振り返った。

「さて、合宿も明日で終わるようだが、わしは今日からしばらく出かけてしまうので、あとは彼に任せます。どうか最後まで怪我のないようトレーニングに励んで下さい」

無三が言うと、五人は頭を下げた。

「何か質問は？」

「あの、変なことですけど……」

無三の言葉に、ぽっちゃりで天然そうな加奈子が恐る恐る言った。

「はい、何でも訊いて下さい」

「ナムアミダブツを何度も唱えるとき、最後以外はツの字を省略しますけど、何でですか?」

加奈子が言い、法敬は苦笑した。

確かに、南無阿弥陀仏を連続して言うときは途中のツは発音していない。言うのは最後だけである。

「それは発音しないけど、心の中で言ってるの。テネシーワルツを歌うときと一緒ね」

無三は言ったが、誰もそんな古い歌は知らないので、まったく受けなかった。

「他に何か」

「はい。死んだらどうなるんですか」

加奈子に触発されたか、美雪も訊いてきた。

「わしも知らない。こっちが訊きたいぐらいです。どんな偉い僧侶でも知らないから、生きている間を大切にするんです」

無三が言うと、分かったような分からないような表情で美雪が頷いた。

やがて質問も絶えたので、無三は部屋に引っ込んで出かける仕度をし、法敬は彼女たちと一緒に本堂や庭の掃除をした。

そして昼食を終えると、真弓が法敬を呼んだ。

「あの、私のマンションに荷物が届くので、運ぶのを付き合っていただけますか。ご住職の許可はもらってます」

言われて、法敬も気軽に作務衣姿で出た。

真弓は車で来ていたので、一緒に乗り込み、三十分ぐらい走った。寺の外に出て、都心に向かうのも久しぶりだった。しかも車内には真弓の匂いが甘ったるく籠もり、また彼は期待に股間を熱くしてしまった。

彼女のマンションに着くと、まず一階の管理人室に寄り、届いていた二つの段ボール箱をそれぞれ持ってエレベーターに乗った。健康器具やサプリ詰め合わせらしいが、もちろん法敬は重い方を持ってやった。

十階まで上がり、部屋に入ると、一人暮らしにしては広い3LDKだ。

キッチンも清潔で、リビングは広かった。あとは寝室と書斎、そしてトレーニングルームがあった。

三十歳近くなっても、真弓は自己鍛錬を欠かしていないのだろう。

「箱を開けますか」

「ううん、それはそこに置いてくれればいいわ。それよりこっちへ」

真弓は彼を寝室に誘い入れた。

セミダブルベッドが据えられ、あとは化粧台やドレッサー、作り付けのクローゼットなどで、やはり室内には生ぬるい女の匂いが籠もっていた。

このベッドで、真弓は薫子と戯れたのだろう。

「ね、お願い。脱いで。合宿が終わっちゃうとなかなか会えないだろうし、たまには声を気にしないで二人きりでしたくなったの」

真弓が言い、手早く服を脱ぎはじめた。どうやら管理人から荷が届いたメールでもあり、それを口実に彼と同行し、自宅でしようと思ったようだ。

もちろん法敬も、すぐその気になって作務衣とシャツ、下着を脱ぎ去って全裸になった。

真弓も、たちまち一糸まとわぬ姿になり、彼をベッドに誘った。

そして枕元の引き出しを開け、様々な器具を引っ張り出した。

「これ、薫子の処女を奪ったバイブよ」

「へえ……、そうなのですか……」

見せてもらうと、それは男根を模し、コードと電池ボックスのある大人の玩具だった。

「同じこれで、あなたの肛門の童貞を奪ってもいい？」

「そ、そればかりは勘弁して下さい……」

言われて、法敬は文字通り尻込みして答えた。

真弓も苦笑してバイブをしまい、別のローターを取り出した。それはピンクの楕円形をし、やはりコードが電池ボックスに繋がっていた。

「これは、私と薫子のアヌス専用。あとで私に入れて」

「ええ……」

彼が答えると、真弓はいったんローターを置き、肌を密着させてきた。

法敬は腕枕されるように胸に抱かれて横たわり、色づいた乳首にチュッと吸い付いていった。

「ああ……！」

真弓も、寺ではないからすぐにも声を上ずらせて喘ぎ、クネクネと身悶えはじめた。

やはり他の部屋を気にせず、しかも二人きりで淫靡な雰囲気に浸るのが最も良いのだと法敬も思った。

真弓も昨夕シャワーを浴びただけで、今日の午前中は皆と一緒に掃除に励んでいたから適度に汗ばみ、甘ったるい匂いも馥郁《ふくいく》と漂っていた。

法敬は柔らかな膨らみを顔中に感じ取りながら、コリコリと硬くなった乳首を舌で転がし、もう片方も含んで舐め回した。

「ああ……、気持ちいいわ。そっと噛んで……」

真弓が強い刺激を求めて喘ぎ、法敬も前歯で軽く刺激してやった。

「あうう……、もっと強く……」

彼女が身を弓なりに反らせて呻き、激しく法敬の顔を抱きすくめた。

法敬は充分に左右の乳首を舌と歯で刺激してから、腋の下にも顔を埋め込んでいった。

そこはジットリ湿り、生ぬるい汗の匂いが甘ったるく籠もっていた。

彼は美女の体臭でうっとりと胸を見たし、舌を這わせてから徐々に滑らかな肌を舐め下りていった。

脇腹から腹部、形良いお臍を舐め、張りのある下腹に移動した。

もちろん肝心な部分は最後だから、彼は腰からムッチリとした太腿に下降し、舌を這わせながら足首まで下りた。

そして身を起こし、足首を摑んで浮かせ、足の裏に顔を押し当てて舐め回し、指の間にも鼻を割り込ませた。

そこは今日もジットリと汗と脂に湿り、ムレムレの匂いが沁み付いていた。

法敬は充分に美女の足の匂いを貪ってから爪先にしゃぶり付き、順々に指の間に舌を割り込ませていった。

「あう……、くすぐったいわ……」

真弓が呻き、白い下腹をヒクヒク波打たせながら、彼の口の中で指を縮めた。

法敬はもう片方の足もしゃぶり、充分に味と匂いを貪ってから腹這い、脚の内側を舐め上げて股間に顔を進めていった。

真弓も大胆に大股開きになり、彼は内腿を舐め、軽く歯を立てて肌の弾力を味わい、熱気と湿り気の籠もる中心部に目を凝らした。

興奮に色づいた陰唇が、ヌメヌメとした大量の蜜にまみれていた。

指を当てて広げると、襞の入り組む膣口も涎を垂らして息づき、光沢ある亀頭型のクリトリスもツンと突き立っていた。

艶めかしい流れに吸い寄せられ、法敬は顔を埋め込んで、柔らかな茂みに鼻を擦りつけた。

隅々には、甘ったるく濃厚な汗の匂いが籠もり、ほんのりしたオシッコの匂いも入り交じっていた。舌を柔肉に這わせると、淡い酸味のヌメリが動きを滑らかにさせた。

膣口の襞を掻き回し、クリトリスまで舐め上げていくと、

「アアッ……、いい気持ち……!」

真弓がビクッと顔を仰け反らせて喘ぎ、内腿でキュッときつく彼の両頬を挟み付けてきた。

法敬はチロチロと弾くようにクリトリスを舐め、湧き出してくる愛液をすすった。さらに脚を浮かせ、形良い逆ハート型のお尻に顔を埋め込み、可憐なツボミにも鼻を押しつけて嗅いだ。

秘めやかな微香が籠もり、法敬は匂いを貪ってから舌を這わせ、顔中に密着する双丘にうっとりとなった。

舌先で細かに震える襞を舐め回して濡らし、潜り込ませてヌルッとした粘膜も存分に味わった。

中で舌を蠢かせ、出し入れさせるように動かすと、鼻先にある割れ目からはトロトロと大量の愛液が漏れてきた。

真弓は味わうように、キュッキュッと彼の舌先を肛門で締め付けた。

そして彼女は、枕元に置いておいた、楕円形のピンクローターを取って唾液で濡らし、法敬に手渡してきたのだった。

5

「これを、お尻の穴に入れて……」

真弓に言われ、法敬は舌を引き離し、受け取ったローターを押し当てた。

「構わないから強く……」

「ええ……」

法敬は、親指を当ててグイッと押し込んだ。

すると唾液に濡れた肛門が細かな襞を伸ばし、丸く押し広がりながらピンと張り詰めて光沢を放った。たちまちローターが中に没すると肛門も元のツボミに戻り、あとはコードが伸びているだけとなった。

電池ボックスのスイッチを入れると、内部でブーン……と、くぐもった振動音が響いてきた。

「アア……、いい気持ち……、ねえ、前に入れて……」

真弓がうっとりと喘ぎ、誘うように割れ目をヒクヒクさせた。

法敬も興奮しながら身を起こし、ピンピンに屹立したペニスを構えて股間を進めていった。

先端を濡れた膣口に擦りつけてヌメリを与え、張りつめた亀頭をゆっくり潜り込ませていくと、たちまちヌルヌルッと滑らかに吸い込まれた。

「あう……、いいわ……！」

真弓が身を弓なりに反らせて呻き、根元まで受け入れながらキュッときつく締め付けてきた。

法敬は股間を密着させながら脚を伸ばし、身を重ねていった。真弓も両手を回して抱き留め、胸の下で柔らかなオッパイが心地よく弾んだ。

まだ動かずに温もりと感触を味わっていたが、直腸内に入っているローターの振動が、間のお肉を通してペニスの裏側にまで伝わってきた。

それは、今まで得たこともない妖しい快感である。

「突いて……、乱暴に動いていいから、強く深く……」

真弓が喘ぎながら言い、待ちきれないようにズンズンと腰を跳ね上げてきた。

法敬も彼女の肩に腕を回して抱きすくめながら、リズミカルに腰を突き動かしはじめた。

肉襞の摩擦と温もりに合わせ、ローターの振動が何とも心地よかった。

法敬は彼女の首筋を舐め上げ、かぐわしい口に鼻を押しつけて嗅いだ。熱く甘い花粉臭の息に、乾いた唾液の香りも混じって、悩ましい刺激が鼻腔を搔き回してきた。

「ンン……」

真弓も興奮を高めて呻き、舌を伸ばして彼の鼻の穴を舐め回してくれた。

法敬は美女の唾液と吐息の匂いに酔いしれ、やがて唇を重ねて舌をからめ、生温かな唾液をすすった。

そして股間をぶつけるように動くと、彼女は何度か仰け反り、ヒクヒクと痙攣した。

小さなオルガスムスの波が押し寄せているのだろう。

しかし、なおも動くと、いきなり彼女が法敬の動きを制したのだ。

「ね……、私のアヌス処女をあげる……」

「え……」

「ローターを抜いて、そこに入れて……」

言われて、法敬は激しく好奇心を抱いた。

そこで絶頂寸前の高まりを抑えながら身を起こし、まずはゆっくりペニスを引き抜いた。

そして彼女の両脚を浮かせ、スイッチを切ってコードを注意深く引っ張り、ローターを引っ張り出したのだ。

再び可憐なツボミが丸く押し広がり、奥からピンクのローターが顔を覗かせ、ゆっくりと排出されてきた。

表面に特に汚れや曇りはなく、やがてローターがツルッと抜け落ちた。

肛門は一瞬丸く開いて奥の粘膜を覗かせたが、みるみるつぼまって元の可憐な形状に戻っていった。

法敬は屈み込み、舌を這わせてツボミに唾液のヌメリを補充してから、身を起こした。そして愛液にまみれた亀頭をツボミに押し当て、力を入れて押し込んでいった。

肛門が丸く開き、張りつめた亀頭が呑み込まれていった。

さすがにきついが、ヌメリは充分だしローターの挿入で括約筋も柔軟になっていて、最も太いカリ首が入ると、あとは比較的滑らかにヌルヌルッと潜り込んでいった。

「アア……、太いわ……、もっと乱暴にして……」

真弓が深々と受け入れながら喘ぎ、モグモグと味わうようにペニスを締め付けてきた。

根元まで押し込むと、股間にお尻の丸みがキュッと密着して弾んだ。

入口は狭いが、中は思った以上に楽でベタつきもさしてなかった。それでも膣内とは異なる感触と温もりで新鮮だった。

それは初体験の真弓も同じで、新鮮な感覚を味わっているようだ。とにかく法敬は、美女の肉体に残った最後の処女の部分をいただいたのである。

そして様子を見るように小刻みに動きはじめると、真弓の方も括約筋を緩めながら、口で呼吸して肛門を収縮させた。

次第に彼女も違和感に慣れたように、律動が滑らかになっていった。

しかも彼女は、開いているクリトリスに自ら指を這わせはじめたのだ。

「いい気持ち……、もっと突いて……」

真弓がいい、法敬も懸命に腰を突き動かし、摩擦に高まっていった。

「い、いきそう……」

動くうち、たちまち法敬に大きな絶頂が押し寄せてきた。

「いいわ、私もいく……、アアーッ……!」

真弓は、アナルセックスとクリトリスへの刺激に声を上ずらせ、そのままオルガスムスに達したようだった。

さっきから、ローターとペニスの刺激でも充分すぎるほど下地ができ上がっていたのだろう。

膣口の蠢きと連動し、肛門内部の収縮も高まると、続いて法敬も大きな快感に貫かれて昇り詰めていった。

「く……!」

快感に呻きながら、ドクンドクンと勢いよく熱いザーメンを注入すると、

「アア……、もっと出して、気持ちいいッ……!」

真弓が噴出を感じ取り、声を上げながら狂おしく悶えた。

内部に満ちるザーメンに、さらに律動がヌラヌラと滑らかになった。

法敬は股間をぶつけるように突き動かし、最後の一滴まで出し切った。

すっかり満足して、徐々に動きを弱めていくと、

「ああ……、良かったわ……」

真弓も満足げに言い、硬直した肌の力を抜いていった。

法敬は動きを止め、荒い呼吸を繰り返しながら余韻に浸った。

するとザーメンのヌメリと締まりの良さで、力を入れなくてもペニスが押し出されてきた。

まるで排泄されるようにツルッと抜け落ちると、再び肛門は可憐なおちょぼ口のツボミに戻っていった。もちろん裂けた様子もなく、ペニスにも汚れの付着はなかった。

すると真弓は呼吸を整える暇もなく身を起こし、彼と一緒にベッドを下りた。

「すぐ洗い流しましょう……」

息を弾ませて言い、二人でバスルームに入ると、彼女はシャワーの湯を出してくれた。

互いの身体を洗い流し、特にペニスはボディソープで念入りに洗ってくれた。

「オシッコしなさい。中も洗い流した方がいいわ」

言われて、法敬は懸命に尿意を高め、やがてチョロチョロと放尿した。

すると彼女が前に座って、流れを胸や口に受け止めてくれたのだ。

「ああ……」

法敬は艶めかしい光景に声を洩らし、ムクムクと回復しはじめ、最後まで出し切るのに時間がかかった。

それでも、ようやく放尿を終えると、真弓はまだシズクを宿している尿道口をヌラヌラと舐め、亀頭を含んで吸いながら舌をからめてくれたのだった。

たちまち勃起してしまったが、途中で真弓はスポンと口を離し、もう一度互いの全身にシャワーの湯を浴びせ、バスルームを出たのだった。

「遅くなるといけないわ。お寺へ戻りましょう」

真弓が互いの身体を拭きながら言い、法敬も懸命に高まりを鎮め、やがて大人しく身繕いをしたのだった。

そして慌ただしくマンションを出ると、また車に乗って二人で月影院へと戻っていった。

法敬は、実に貴重な良い体験をした思いで、しばらくは身も心もぼうっとなっていたものだ。

日が傾く頃に寺へと戻ると、ちょうど無三と今日子が、車で出かけるところだった。

これで明晩まで、住職夫婦は不在となる。

だから食事も、彼女たち五人と一緒にすることになるだろう。

法敬は二人を見送り、まずは自室へと戻っていったのだった。

第六章　僕の女神様

1

「じゃ、今日は法敬さんもここで一緒に寝ましょうよ」

皆で夕食を終え、後片付けも済むと真弓が言った。今日は仕切りの襖も開け放し、宿坊の大座敷に布団を敷き詰めた。

「本当？　楽しそう」

コーチの一声で、他の女子大生たち四人も歓声を上げた。

何しろ母屋には、無三も今日子もいないのだ。しかも合宿も終わりで、明日の午前中はいつも通り本堂と庭の掃除をしたら、昼前に解散となるのである。

法敬も、期待に思わず股間を疼かせた。

それでなくても、食事中ですら女性たち五人分のフェロモンが室内に充満し、胸が高鳴っていたのだ。

そのうえ今夜は母屋のバスルームを使って良いことになっているので、彼女たちはそれを楽しみに、夕方のトレーニングのあとはシャワーも浴びず、今もムレムレの汗の匂いをさせていたのである。

やがて彼女たちは、ジャージ姿で甲斐甲斐しく五組分の布団を敷き、くっつけて並べた。法敬の分はないので、この中のどれかに紛《まぎ》れて寝るということなのだろうか。

もう女子大一年の三人と、キャプテンとコーチの仕切りもないので、あるいは全員が法敬との関係を打ち明け合い、今夜は全員で楽しもうという流れではないのかと彼は思った。

(そんな、恵まれたことが……)

法敬は、自分の女運が恐ろしくなってきた。

「じゃ、脱いでここに寝て下さい。みんなで、男性のお勉強をしますから」

真弓が言い、どうやら本当に全員と戯れることになりそうだった。

法敬だけは、夕食前に入浴を済ませていた。

彼がためらっていると、女性たち全員がジャージを脱ぎ、たちまち一糸まとわぬ姿になり、彼の作務衣を脱がせにかかったのだ。

「うわ……」

十八歳が三人、二十一歳が一人、二十八歳が一人、それら五人の全裸というのは何しろ強烈で、その眺めに彼は圧倒された。しかも甘ったるい汗の匂いが解放され、室内に充ち満ちてきた。

法敬も下着まで脱がされ、全裸にされ真ん中の布団に仰向けにさせられてしまった。

胸は高鳴っているが、まだペニスは五人を前に、包皮の中で萎縮している。

「どうすれば勃つかしら。法敬さんが喜ぶと思って私たち、お風呂も我慢しているのよ」

真弓が言い、こうなったら法敬もとことん欲望を解放しようと意を決した。

「では順々に、足を顔に……」

「まあ……、いいの？　本当に……」

法敬が思いきって言うと真弓は答え、全員が立ち上がった。

仰向けの彼の回りに、全裸の五人がスックと立った様子は何とも壮観だった。まずは歳の順で、真弓からそろそろと片方の足を浮かせ、そっと彼の顔に乗せてきてくれた。

法敬は、生温かく柔らかな足裏を顔に受け止め、舌を這わせながら指の股に鼻を押しつけた。彼女とは昼間もしているが、蒸れた匂いは新鮮で、爪先も念入りにしゃぶった。

足を交代してもらい、舐め尽くすと、次は薫子だ。

みな、片足を浮かせるから互いに肩を支え合い、順々に足を乗せてきたのだ。

法敬は、まるで天女たちに踏みつけられる邪鬼にでもなった思いで、夢中で味と匂いを貪っていった。

「わあ、勃ってきたわ……」

誰かが言い、法敬もムクムクと勃起している様子を自覚しながら薫子の両足を舐め、匂いを嗅いでから交代してもらった。

加奈子や美雪の足裏も生温かく湿り、ムレムレの匂いが籠もっていた。

彼は念入りに指の股を舐め、美少女たちの温もりと匂いを堪能し、最後に真希が足を乗せてきた。

真弓は昼間入浴したので、恥毛に籠もる匂いは淡いが、愛液はたっぷり漏れてきた。

すると、また真弓から順々に彼の顔にしゃがみ込んできた。

五人分の両足とも味わうと、法敬は興奮に朦朧としながら言った。

「跨がって……」


舌を這わせると、トロリとした淡い酸味の蜜が口に滴ってきた。

「アア……」

真弓が熱く喘ぎ、法敬は膣口からクリトリスを舐めてからお尻の真下にも潜り込んだ。しかし、ここも生々しい刺激臭はなく清潔なものだから、舌を這わせ、浅く潜り込ませて少し粘膜を味わうだけにとどめた。

次は薫子の番だ。引き締まった脹ら脛と内腿をムッチリと張り詰めさせ、和式トイレスタイルでしゃがみ込んだ。

汗に湿った恥毛に鼻を埋めると、蒸れて甘ったるい匂いが濃厚に籠もり、その刺激でさらにペニスはピンピンに硬くなっていった。

舌を這わせると、薫子も真弓に負けないほど大量の愛液を漏らし、彼も夢中でクリトリスを舐め回した。

「ああ……、気持ちいい……」

薫子が喘ぎ、思わずギュッと割れ目を彼の鼻と口に押しつけてきた。

法敬は味と匂いを堪能してから、やはりお尻の真下に潜り込み、顔中に双丘を受け止めて谷間の蕾に鼻を埋めた。

こちらは汗の匂いに混じり、秘めやかな微香が悩ましく籠もり、嗅ぐたびに新鮮な刺激が鼻腔をくすぐってきた。

法敬は鼻を鳴らして嗅ぎ、舌を這わせて息づく襞を唾液で濡らし、ヌルッと潜り込ませた。

「あう……、恥ずかしいわ……」

薫子が息を詰めて呻き、キュッと肛門で彼の舌先を締め付けてきた。

やがて前も後ろも舐めると、次はぽっちゃりの加奈子だ。

白い餅肌の内腿が顔を挟むように迫り、丸みを帯びた割れ目が彼の鼻先に触れてきた。

柔らかな若草に籠もる熱気は、やはり汗とオシッコの混じった芳香が濃く含まれていた。法敬は何度も深呼吸し、美少女の体臭で胸を満たし、割れ目に舌を這わせていった。

と、そのとき法敬は両足に違和感を覚えた。どうやら、先に股間を舐められた真弓と薫子が、彼の爪先にしゃぶり付いてきたのだった。

その生温かな唇と舌の感触を味わいながら、彼は加奈子のクリトリスを舐め、トロリとした蜜をすすった。

もちろんお尻の真下にも顔を移動させ、ツボミに籠もる微香を貪り、肛門の襞にも念入りに舌を這わせた。

「あん……、くすぐったいわ……」

加奈子は肛門をヒクヒク震わせ、潜り込んだ舌先を締め付けて喘いだ。

法敬は豊かなお尻に圧倒されながら舌を蠢かすと、ようやく加奈子が股間を引き離してくれ、次は美少女の美雪が跨がってきた。

今までのことを見ていたのに、羞じらいは失わずにモジモジとしゃがみ込み、可愛い割れ目を法敬の鼻先に迫らせてきた。

楚々とした茂みに鼻を擦りつけて嗅ぐと、可愛らしく甘ったるい汗の匂いに、ほのかな残尿の刺激が鼻腔を掻き回してきた。

法敬は悩ましい体臭を嗅ぎながら舌を這わせ、淡い酸味の蜜をすすり、膣口からクリトリスを上下に往復して舐めた。

「アア……」

美雪がうっとりと喘ぎ、ヒクヒクと膣口を収縮させた。お尻に潜り込んで鼻を埋めると、やはり生々しい刺激臭が微かに感じられ、彼は貪るように嗅いで舌を這い回らせた。

「あうう……、ダメ……」

以前は加奈子と法敬で3Pをしたが、今日はキャプテンやコーチもいるので緊張があるのか、呻き声もか細かった。

やがて美少女の股間の前も後ろも充分に味わうと、美雪が身を離し、最後に真希が跨がってきた。

他の四人は、思い思いに法敬の肌を舐め回し、真弓と薫子は、とうとう足から股間に移動し、ペニスをしゃぶったり陰嚢を舐めたりしてくれた。加奈子と美雪も、左右から屈み込んで彼の左右の乳首に吸い付き、熱い息で肌をくすぐりながら舌と歯で愛撫してきた。

法敬は四人の舌を感じながら身悶え、鼻先に迫った真希の股間に顔を埋めた。

真希の茂みにも、汗とオシッコの匂いが濃厚に沁み付き、法敬は鼻腔を刺激されながら割れ目に舌を這わせていった。

やはり淡い酸味の蜜がたっぷり溢れ、舌の動きがすぐにも滑らかになった。

膣口の襞を掻き回し、コリッとしたクリトリスまで舐めあげると、

「あん……、いい気持ち……」

真希もうっとりと喘ぎ、クネクネと腰を動かして反応した。

彼はお尻の谷間にも鼻を埋め込み、ツボミに籠もった秘めやかな匂いを貪り、肛門も充分に舐めて舌を潜り込ませていった。

2

「ああ……、いきそう……」

喘いだのは、真希ではなく法敬の方だった。

薫子がさんざん亀頭をしゃぶり、真弓は彼の脚を浮かせて陰嚢や肛門を舐め、加奈子と美雪は左右の乳首を噛んでくれているのだ。

法敬が喘ぐと、真希も彼の顔から股間を引き離し、愛撫する側に回った。

「いいわ、いっても。飲ませて……」

薫子が言い、スッポリと根元まで含んで吸い付いてきた。

法敬も急激に高まり、左右にいた加奈子と美雪を抱き寄せた。

そしてそれぞれの柔らかなオッパイに顔を埋め、ピンクの乳首に順々に吸い付き、濃厚に甘ったるい汗の匂いに噎せ返った。

もちろん腋の下にも顔を埋め、ジットリと汗に湿った窪みに鼻を押しつけるとミルクに似た体臭が濃く籠もっていた。

さらに左右から二人の顔を引き寄せ、同時に舌をからめた。すると真希も上から屈み込み、顔を寄せて彼の鼻の頭を舐め回してきた。

法敬は、三人の美少女の舌をそれぞれに舐め回し、混じり合った甘酸っぱい果実臭の息で鼻腔を刺激され、ミックス唾液でうっとりと喉を潤した。

その間も、真弓がヌルッと肛門に舌を潜り込ませたので、法敬はモグモグと肛門で締め付けて味わった。

そして薫子は完全に包皮を剝き、露出した亀頭にしゃぶり付き、スポスポと濡れた口で摩擦した。

やがて彼が腰をよじると、真弓も顔を上げ、薫子と一緒にペニスを舐め回し、交互に含んでは吸い付いた。

「い、いく……、アアッ……！」

法敬は、夢のような状況と快感の中、五人の美女に全身を貪られながら声を上げた。

同時に溶けてしまいそうな絶頂の快感に包まれ、ありったけの熱いザーメンをドクンドクンと勢いよくほとばしらせてしまった。

「ンン……」

薫子が口に大量の噴出を受け止めて呻き、真弓も割り込むようにして亀頭を含み、余りのザーメンを吸い出してくれた。

法敬は全て出し切るまで、三人の美少女の息を嗅ぎ、生温かな唾液をすすって順々に舌を貪った。

そして下降線をたどりつつある快感を惜しみつつ、最後の一滴まで絞り尽くすと、ようやくグッタリと力を抜いて身を投げ出したのだった。

薫子と真弓は、交互に亀頭を吸って余りのシズクまで舐め取り、全て飲み干してくれた。

「あうう……、ど、どうか、もう……」

吸われて刺激されるたび、法敬は腰を浮かせて呻き、降参するようにヒクヒクと幹を震わせたのだった。

やっと二人の口が離れると、法敬もほっとして、美少女たちの甘酸っぱい息と唾液の匂いに包まれながら余韻を味わった。

「じゃ、そろそろお風呂に入って落ち着きましょうか」

真弓が言うと、みな立ち上がった。母屋のバスルームはかなり広いので、無理すれば六人ぐらいバスタブと洗い場に入れるだろう。

法敬も身を起こし、一緒に入ることにした。

「待って、まだ嗅いでいないから……」

バスルームに入ると、法敬はまだ味わっていない真弓と薫子の腋の下を、湯を浴びる前に少しだけ嗅がせてもらった。やはり真弓は淡いが、薫子の方は濃厚に甘ったるい汗の匂いを沁み付かせていた。

その間に三人の美少女たちがシャワーの湯を浴び、交互に湯に浸かった。

「さあ、もういいでしょう」

薫子が言い、ようやく全員の匂いを胸に刻みつけると、法敬も身を離してシャワーで股間を洗い流した。

真弓以外の四人も、夕方にトレーニングを終え、間に夕食を挟んで我慢していたから、やっと身体を洗ってほっとしたようだった。

しかし洗い流しても、五人もの女性がいるとさすがにバスルームは身を寄せ合うように狭く、甘ったるい匂いが湯気の中に立ち籠めていた。

この状況を無三が見たら、どれほど羨ましがることだろうか。

「ね、オシッコをかけて……」

法敬は、床に座り込んでムクムクと回復しながら言った。

変態ぽい要求は一対一でも恥ずかしいのに、五人を相手に言うのはもっと羞恥が湧いたが、このような機会は一生に一回きりだろうから、言わずにはいられなかった。

「良かった。シャワーを浴びながらこっそりしようかと思っていたの……」

加奈子が言い、やがて五人全員が立ち上がって、彼を囲んで股間を突き出してくれた。

これも、何と壮観な眺めだろう。

洗っても肌の匂いがそこはかとなく彼を包み、五人の女体の壁が周囲を隙間なく取り囲んだ。

しかも全員が、自ら割れ目に指を当て、陰唇をグイッと広げて尿道口の照準を法敬に合わせているではないか。

「ああ……、出る……」

「私も……」

五人が次々に息を詰めて言い、迫り出すように蠢く柔肉から、それぞれチョロチョロと一斉に放尿してきたのだった。

法敬は、頭や顔に温かなシャワーを浴びながら順々に顔を向け、流れを舌に受け止めていった。

さすがに五人ともなると濃厚な匂いが鼻腔を刺激し、味わいもそれぞれに濃かったり薄かったりしてバラエティに富んでいた。

五方向からなので、法敬は一周する感じで流れを味わい、全身温かくまみれながら激しく勃起した。

「ああ、こんなの初めて……」

誰かが言った。

当たり前である。世の中の誰が、このような体験をするだろうか。

やがて法敬は、流れが治まった順に割れ目に直に口を付けて舐め回し、余りのシズクをすすった。すると、誰もが新たな愛液をトロトロと溢れさせ、淡い酸味のヌメリで舌の動きを滑らかにさせた。

やがて全員が出し切り、法敬も舐め尽くすと、また皆でシャワーの湯を浴び、順番に湯に浸かってからバスルームを出て行った。

身体を拭き、全裸のまま法敬が宿坊の布団に戻って横になると、五人も順々に入ってきた。

「もう大きくなっているわね」

薫子が言うと、三人の美少女が顔を寄せ、包皮を剝いて光沢ある亀頭を代わる代わるしゃぶってきた。

「ああ……」

法敬は喘いだが、出したばかりなので、しばらくは暴発の危険もなかった。

「ね、順々に入れて」

真弓が言い、いきなり四つん這いになって彼の方にお尻を突き出してきた。

法敬が身を起こすと、他の四人も同じように並んで、大きな水蜜桃のようなお尻を持ち上げてきたのである。

これも実に艶めかしい光景だった。

どれも湯上がりで、色白のお尻がピンクに染まって形良く、まるで搗《つ》きたてのお餅が並んでいるようだった。

そして誰もが湯上がりだというのに、真下に覗いている陰唇が愛液にヌメヌメと潤い、中には内腿にまで伝い流れているものもあった。

法敬は膝を突いて股間を進め、まずは歳の順で真弓に迫っていった。

バックから先端を膣口に押し当て、ゆっくり挿入していくと、何とも心地よい肉襞の摩擦が、ヌルヌルッと幹を包み込んでいった。

「アアッ……、いい気持ち……」

真弓が白い背中を反らせて喘ぎ、根元まで入ったペニスをキュッときつく締め付けてきた。

法敬は下腹部に密着するお尻の丸みを味わいながら、何度かズンズンと股間を前後させ、温もりと感触を味わってから引き抜いた。

次は薫子だ。真弓の愛液に濡れた先端を膣口にあてがい、今度は一気にヌルッと押し込んでいった。

「あう……！」

処女を失ったばかりだが、何しろバイブ挿入に慣れているから痛がることもなく、薫子も顔を仰け反らせて呻いた。

こちらも熱く濡れ、実に締まりが良かった。

充分に味わってから、次は加奈子に挿入していった。

「あん……！」

ヌルヌルッと根元まで貫くと、加奈子もキュッと締め付けながらお尻を振って喘いだ。

続けて犯していくと、それぞれの温もりや感触、締め付けの具合が微妙に異なるのが分かった。そして法敬は引き抜き、美雪に押し込んでいった。

3

「アアッ……、熱いわ……！」

美雪も背中を反らせて喘ぎ、深々と受け入れながらキュッときつく締め付けてきた。法敬は股間を押しつけ、温もりを感じながら内部でペニスを掻き回し、やがてゆっくり引き抜いて最後は真希を貫いていった。

「ああ……、すごいわ……」

ヌルヌルッと押し込むと、真希も可愛いお尻をくねらせて受け入れ、声を洩らして締め付けた。

法敬は、最も締まる真希の膣内でヒクヒクとペニスを震わせ、ズンズンと律動してからヌルッと引き抜いていった。

「誰が一番良かった？」

「み、みんな違って、みんな良いです」

真弓に訊かれ、法敬は金子みすゞのようなことを答えたが、他に言いようがなく、それが正直なところであった。

「そう、じゃ今度は仰向けになって」

真弓が言い、法敬が仰向けになると、すぐにも彼女が跨がり、今度は女上位で交わってきた。

「ああ……、奥まで響くわ……」

皆の愛液にまみれたペニスを、ヌルヌルッと一気に根元まで受け入れ、真弓が顔を仰け反らせて喘いだ。

法敬も股間に美女の重みと温もりを感じながら、心地よい肉襞の摩擦ときつい締め付けを味わった。

「私は最後になりたいわ。先に入れて」

薫子が言い、やがて真弓が何度か腰を上下させて離れると、真希が跨がった。

「あん……、いい気持ち……」

真希が深々と真下から貫かれながら喘ぎ、法敬も温もりと収縮を噛み締めた。

そして彼がズンズンと股間を突き上げると、真希が喘ぐ間もなく加奈子が彼女をどかせて跨がってきた。

また微妙に異なる温もりと感触が、法敬自身を心地よく包み込んだ。

やがて彼女が何度か股間を前後させると、次は美雪が跨がった。

こう続けざまだと、さっき濃厚な一回目を済ませたばかりだというのに、すぐにも法敬は高まってきてしまった。

美雪の膣内も熱いほどの温もりときつい締め付けがあり、法敬は快感に任せて股間を突き上げた。

しかし身を離すと、最後に薫子が跨がってきた。

やはり真弓は昼間したし、真希は明日からもずっと同居しているのだ。加奈子と美雪は体験者なので、ここは初めて男を知った薫子で仕上げるのが、真弓をはじめ暗黙の了解になっているようだった。

薫子が腰を沈め、ヌルッと根元まで受け入れ、股間を密着させてくると、法敬も最後と思い、快感を味わいながら彼女を抱き寄せた。

「アア……」

薫子も身を重ねて喘ぎ、法敬が股間を突き上げはじめると、彼女も合わせて腰を動かした。

すると他の四人も法敬の顔の周囲に集まり、彼の顔にオッパイを押しつけたり唇を重ねたりしはじめた。

「ね、みんなの唾をいっぱい飲みたい……」

法敬が高まりながら言うと、真上にいる薫子が唇をすぼめ、白っぽく小泡の多い唾液をトロトロと吐き出してくれた。そして他の四人も大量に分泌させ、順々に彼に屈み込み、口に注ぎ込んできたのだ。

「ああ……」

法敬は、五人分の生温かくトロリとしたミックス唾液を口に受けて味わい、うっとりと飲み込んだ。何しろ五人もいるから、いくら飲んでも次々に垂らしてくれ、嫌と言うほど喉を潤すことができた。

さらに顔中にも垂らし、それぞれが顔を割り込ませるように舌を這わせるのでたちまち法敬の顔中は美女たち五人の唾液でヌルヌルにまみれてしまい、悩ましく甘酸っぱい匂いに包まれた。

鼻筋にも瞼にも耳にも彼女たちの舌がヌラヌラと這い回り、頬には綺麗な歯を軽く食い込ませてくれた。

そして混じり合った甘酸っぱい吐息が馥郁と法敬の鼻腔を満たし、彼は美女たちの口の匂いにうっとりと酔いしれた。

股間を突き上げると薫子も大量の愛液を漏らして応え、さらに左右から加奈子と美雪が彼の手を取り、割れ目を探らせるから、彼は愛液に濡れた指でそれぞれのクリトリスをいじった。

「ああ……、い、いく……！」

とうとう法敬は昇り詰め、口走りながら大きな絶頂の快感に包まれた。

同時に、熱い大量のザーメンがドクンドクンと勢いよくほとばしり、薫子の奥深い部分を直撃した。

「き、気持ちいい……、アアーッ……！」

噴出を受け止めると、薫子もオルガスムスのスイッチが入ったように声を上げガクンガクンと狂おしい痙攣を開始した。

膣内の収縮も最高潮になり、法敬は美女たちの唾液と吐息を貪りながら心ゆくまで快感を嚙み締め、最後の一滴まで出し尽くした。

すっかり満足すると突き上げを止め、法敬は薫子の重みを受け止めながらグッタリと力を抜いていった。

そして美女や美少女たちのミックスされた甘酸っぱい息を嗅ぎながら、うっとりと快感の余韻を噛み締めたのだった。

「ああ……、良かった……」

薫子も満足げに声を洩らし、硬直を解いて彼にもたれかかって、なおもキュッキュッと膣内を締め付けた。刺激されたペニスがヒクヒクと過敏に反応し、法敬は降参するように腰をよじった。

「さあ、じゃ気が済んだ人から寝るといいわ。まだ満足したい人は順々にして」

真弓が言い、薫子がそろそろと身を離していった。

ティッシュで軽く割れ目を拭うと、もうバスルームへ行く気力もなく、自分の布団に潜り込んでしまった。

(ま、まだ……?)

他の連中はまだ寝ないので、法敬は身震いする思いでペニスを縮めた。いくら何でも、残りの人数分の射精は不可能だろう。すると加奈子と美雪が彼の股間に屈み込み、愛液とザーメンにまみれた亀頭をヌラヌラと舐め回してくれた。

「ど、どうか、もう……」

法敬は降参するように声を洩らしたが、美少女たちの舌の刺激を受け、またペニスはムクムクと回復してしまったのだった……。

4

「では、お世話になりました。ご住職と奥様によろしく」

「ありがとうございました！」

午前中の掃除を終えると、真弓が法敬に言い、他の連中も一斉に頭を下げて言った。

もう宿坊の布団も干し、みな帰り支度を整えていた。

真希は残るので、四人は真弓の車で帰ってゆくのだ。

法敬も、昨夜は何度射精したか分からないほど快楽に溺れ、いつ眠ったかも分からないほどだった。

それでも目覚めると、すっかり淫気も回復して朝立ちしていたので、やはり若さとは素晴らしいものなのだろう。

やがて帰って行く車を見送り、忘れ物はないか宿坊を見回ってから、法敬は真希と一緒に昼食を済ませた。

無三と今日子の帰宅は夕方だろう。

「何だか、夢のようだったわ……」

食後の茶を飲みながら、まだジャージ姿の真希が言った。

「ええ……」

法敬も、昨夜までの出来事が夢のように思い返された。

「じゃ、私お部屋で少し休むわね」

「はい、お疲れ様」

真希に答え、彼女が二階へ行くと法敬も離れへ戻った。そして写経でもして心を静めようと思っていると、また真希の声がした。

「ね、法敬さん。私のお部屋に来て」

二階から呼ばれ、法敬は恐る恐る階段を上がっていった。母屋の二階へ上がるのは初めてである。

部屋に入ると、生ぬるく甘ったるい思春期の匂いが籠もっていた。

窓際にベッド、あとは学習机と本棚、ぬいぐるみなどがあった。

そして真希を見ると、何と可憐なセーラー服姿ではないか。

白い長袖で、襟と袖は三本の白線が入った紺色。スカーフは純白で、スカートも濃紺。そして白のハイソックスだった。

「わあ……」

「出して着てみちゃった」

真希が羞じらいを含んで言う。

まだ高校を卒業して二カ月だから、ピッタリと身体に合っていた。しかもコスプレではなく、彼女自身が三年間着たものだから、繊維は馴染《なじ》み、スカートのお尻はすり切れたような光沢があった。

「いろんな体験をしたけど、これを着て、また処女に戻った気持ちで法敬さんとしたいわ」

言われて、法敬もムクムクと勃起していった。

考えてみれば、昨夜のような6Pは夢のような非日常であり、強烈だが明るい雰囲気だった。やはり色事というのは、二人きりの密室で行なう淫靡《いんび》さが最も良いのである。

すぐにも法敬は作務衣を脱ぎ去り、下着も取り去って全裸になった。

そして真希の匂いの沁み付いたベッドに仰向けになると、彼女もセーラー服姿でベッドに上がってきた。

「こうして……」

法敬は言い、仰向けのまま彼女を引き寄せ、腹に座らせた。そして立てた両膝に寄りかからせ、脚を伸ばして顔に乗せてもらった。

まるで椅子になったように、美少女の全体重が腹と顔に乗せられた。

真希は何とノーパンで、法敬の下腹に直に割れ目を密着させていた。

ハイソックスの足裏は、洗濯済みなのでそれほど匂わなかった。法敬は彼女のソックスを脱がせ、素足を顔に乗せた。

生温かな両の足裏が顔中に密着し、法敬は踵から土踏まずを舐め、指の間に鼻を割り込ませて嗅いだ。

朝から動き回っていたため、そこは汗と脂に湿り、ムレムレの匂いが可愛らしく籠もっていた。

彼は充分に美少女の足の匂いを堪能してから、爪先にしゃぶり付き、順々に指の股に舌を挿し入れて味わった。

「あん……」

真希がくすぐったそうに喘ぎ、腰をくねらせるたび下腹に割れ目が擦りつけられた。密着しているから、徐々に彼女がヌラヌラと濡れてくるのが手に取るように分かった。

法敬は両足とも足指をしゃぶってから、真希の手を引っ張り、顔に跨がってもらった。

小麦色の脚がムッチリとM字になって張り詰め、紺色のスカートの中の割れ目が鼻先に迫ってきた。何やら、本当に神聖な女子高生の股間を仰いでいるような気になった。

ぷっくりした割れ目からは薄桃色の花びらがはみ出し、ヌメヌメと清らかな蜜に潤っていた。

彼女もまた、昨夜の強烈な体験からリセットされ、法敬を独占する悦びと興奮に浸っているようだ。

指で広げると、法敬が処女を奪った膣口が襞を震わせて息づき、愛液にヌメヌメする柔肉が丸見えになった。ポツンとした尿道口も可憐に見え、光沢ある真珠色のクリトリスも愛撫を待つように突き立っていた。

そして股間に籠もった熱気と湿り気が、彼の顔中を包み込んできた。

「アア……、恥ずかしい……」

真希が、声を震わせて小さく言った。

昨夜は大勢で全裸が普通だったが、なまじセーラー服を着ているから処女の気分に戻り、羞恥心も倍加しているようだった。

腰を抱き寄せ、顔に座ってもらいながら、法敬は柔らかな若草の丘に鼻を押しつけた。

恥毛の隅々には甘ったるい汗の匂いと、ほんのりしたオシッコの匂いが入り交じり、悩ましく鼻腔を刺激してきた。

法敬は何度も深呼吸しては美少女の体臭を嗅いで胸を満たし、真下から舌を這わせていった。膣口の襞を舐め回し、柔肉をたどってクリトリスまで舐め上げていくと、

「ああン……、気持ちいい……」

真希がか細く声を上げ、しゃがみ込んでいる内腿をヒクヒク震わせた。

法敬は淡い酸味のヌメリをすすり、執拗にクリトリスを舐め回してから、お尻の真下に潜り込み、白い双丘の谷間に鼻を埋め込んだ。

ひんやりした丸みが顔中に密着し、ツボミに籠もる微香が悩ましかった。

彼は美少女の恥ずかしい匂いを貪り、舌先でチロチロとくすぐるように襞を舐め、ヌルッと潜り込ませた。

「あう……」

真希が呻き、肛門でキュッと彼の舌先を締め付けてきた。

法敬は充分に滑らかな粘膜を味わい、うっすらと甘苦いような味わいも堪能してから、再び舌を割れ目に戻していった。

「ね、オシッコ出して……」

言うと、真希もちょうど和式トイレの格好なので、すぐにも下腹に力を入れて尿意を高めてくれた。

「あん……、こぼさないで、そっと出すから……」

真希が、自分のベッドを濡らされたくなく言い、全て飲めと言われているようで法敬は興奮に胸を高鳴らせた。

間もなくチョロチョロと温かな流れが、法敬の口に注がれてきた。

彼は夢中で受け止め、噎せないよう気をつけながら飲み込んだ。味も匂いも淡いもので抵抗はなく、あまり溜まっていなかったか、一瞬勢いが増すと、すぐにピークが過ぎ去って流れが弱まった。

あとはポタポタと滴るだけとなり、法敬は口を付けて余りのシズクをすすり、再び割れ目内部を舐め回した。

すぐにも新たな愛液が溢れ、オシッコの味わいを洗い流すように淡い酸味のヌメリが満ちてきた。

「も、もうダメ……」

絶頂を迫らせ、真希が声を震わせて言いながら股間を引き離した。

そして彼女は、そのまま仰向けの彼の股間に顔を移動させてゆき、屹立したペニスにしゃぶり付いてきた。

「ああ……」

快感に喘ぎながら股間を見ると、可憐なセーラー服の美少女が舌を這わせ、お行儀悪く音を立てて亀頭に吸い付いているではないか。

真希は喉の奥まで呑み込み、笑窪《えくぼ》の浮かぶ頬をすぼめてチューッと吸い付き、スポンと引き抜くと陰嚢にも舌を這わせてきた。

二つの睾丸を転がし、さらに脚を浮かせ、彼の肛門もチロチロと舐め回してくれた。ヌルッと潜り込むと、法敬は快感に息を詰め、モグモグと肛門で美少女の舌を締め付けた。

真希も充分に舌を蠢かせてから彼の脚を下ろし、再びペニスにしゃぶり付き、スポスポと顔を上下させて摩擦した。

「も、もう……」

絶頂を迫らせ、促すように言うと、真希も素直にチュパッと口を引き離して身を起こした。法敬が手を引いて上にさせると、ペニスに跨がり、唾液に濡れた先端を割れ目に受け入れていった。

「アアッ……！」

真希が顔を仰け反らせて喘ぎ、ヌルヌルッと滑らかに根元まで呑み込み、ペタリと座り込んできた。

密着した股間は、濃紺のスカートに覆い隠された。

法敬がセーラー服をたくし上げると、もちろん下はノーブラで、可愛らしいオッパイが露わになった。

抱き寄せて顔を上げ、ピンクの乳首にチュッと吸い付くと、

「ああ……、いい気持ち……」

真希が喘ぎ、柔らかな膨らみをギュッと彼の顔中に押しつけてきた。

法敬は心地よい窒息感の中、甘ったるい体臭に包まれて乳首を吸った。

左右の乳首を充分に味わってから、彼は乱れたセーラー服に潜り込み、ジットリと生ぬるく湿った腋の下に鼻を押しつけた。

甘ったるいミルクのような汗の匂いに噎せ返り、法敬は興奮を高めながらズンズンと小刻みに股間を突き上げた。

「アア……、もっと……」

真希が喘ぎ、突き上げに合わせて腰を遣いはじめた。

法敬は絶頂を迫らせ、真希に唇を重ね、ネットリと舌をからめた。

彼女も心得ているので、ことさらに生温かく清らかな唾液を注ぎ込んでくれ、法敬はうっとりと味わい、小泡の多い粘液で喉を潤した。

さらに彼女の口に鼻を押し込み、下の歯並びを鼻の下に当ててもらった。

そうすると甘酸っぱい息の匂いだけでなく、唇で乾いた唾液の香りや、下の歯の裏側のほのかな歯垢の匂いまで入り交じり、法敬は美少女の口の匂いに激しく高まった。

突き動かすたびクチュクチュと湿った摩擦音が響き、真希も大量の蜜を漏らして身悶えた。

「い、いく……！」

たちまち法敬は絶頂に達して口走り、大きな快感の中、ありったけのザーメンをドクドクと勢いよく内部にほとばしらせてしまった。

「アア……、気持ちいいッ……！」

真希も噴出を受け止めると同時にオルガスムスに達し、声を上ずらせながらガクンガクンと狂おしい痙攣を開始した。

法敬は膣内の収縮と摩擦を味わい、心ゆくまで出し切って、徐々に突き上げを弱めていった。

満足しながら力を抜いていくと、真希も強ばりを解いてグッタリと体重を預けてきた。

法敬はまだ収縮する膣内に刺激され、ヒクヒクと幹を震わせた。

そして美少女の温もりを感じ、果実臭の息を嗅ぎながら、うっとりと快感の余韻を噛み締めたのだった。

5

「お疲れ様。大変だったでしょう」

夜、今日子が法敬の部屋に入ってきて言った。

夕方に無三と今日子は所用を終えて帰宅し、皆で夕食を済ませたのだった。そして法敬が離れへ引き上げ、そろそろ寝ようとしているところへ、やはりネグリジェ姿の今日子が入ってきたのである。

もう真希は二階に引き上げ、無三も疲れたか、部屋で早めに寝てしまったようだった。

「合宿が終わると、何だか静かで寂しいぐらいね」

「はい……」

法敬は、今日子の熱い淫気を感じ、身構えるように答えながら股間を熱くさせてしまった。

本当に、いくら女体に触れても、相手が代わるとピンピンに勃起してしまうのだ。まさに色即是空、空即是色。色事をすれば空しくなるが、すぐに空しさは消えて色事に向かってしまう。

もちろん本来の意味は違う。

色と空は生と死であり、生きている者は必ず死ぬ。だから逆に、死があるから生があるのだ、という説が主流である。

「いいかしら……」

今日子が色っぽい流し目で法敬を見つめて言い、ネグリジェを脱ぎはじめてしまった。

その下には何も着けておらず、しかも法敬が悦ぶと思い、今日帰宅してからは入浴もしていないのだった。こうしたところは他の女性たちと違い、本当に彼の性癖を知り尽くし、喜ばそうとしてくれるのが嬉しかった。

今日子からしてみれば、法敬は無三そのものを若くしたようで新鮮なのかもしれない。

すぐに法敬も、シャツと下着を脱ぎ、全裸になっていった。

「和尚様は大丈夫なのですか……」

「ええ、ぐっすり寝ているわ。もう歳だから前のように、あまり毎晩はできないみたい」

今日子が答え、彼とともに布団に横たわった。

甘えるように腕枕してもらい、真っ先に腋の下に顔を埋め、柔らかな和毛《にこげ》に鼻を押しつけた。

そこは汗に生温かく湿り、甘ったるい体臭が濃厚に鼻腔を刺激してきた。

法敬は美女の体臭に酔いしれながら、徐々に移動して色づいた乳首に吸い付いていった。

「ああ……、いい気持ち……」

今日子がうっとりと喘ぎ、うねうねと熟れ肌を悶えさせはじめた。

法敬ものしかかり、左右の乳首を交互に味わいながら、豊満な膨らみに顔中を押しつけて柔らかな感触を味わった。

そして滑らかな熟れ肌を舐め下りてゆき、形良いお臍を舐め、張りのある下腹にも顔を押しつけ、脂肪と腸の弾力を味わった。

豊かな腰からムッチリとした白い太腿を舐め下り、脚を這い下りて足首までゆき、神々しい足裏にも舌を這わせた。

指の股に鼻を割り込ませると、今日もさんざん歩き回ったのか汗と脂に生ぬるく湿り、ムレムレの匂いが濃く籠もっていた。

法敬は美女の悩ましい足の匂いを貪り、爪先にしゃぶり付いて順々に指の間を舐め回した。

「アア……」

今日子がヒクヒクと下腹を波打たせて喘ぎ、彼の口の中で唾液に濡れた爪先を縮めた。

法敬は両足とも充分に味と匂いを堪能し、やがて脚の内側を舐め上げ、滑らかな内腿を味わいながら股間に顔を潜り込ませていった。

股間も蒸れた熱気が籠もり、黒々と艶のある茂みの下の方は、溢れる愛液のシズクを宿していた。

はみ出した陰唇も興奮に色づき、僅かに覗く膣口は妖しく収縮して、光沢あるクリトリスもツンと突き立っていた。

恥毛に鼻を埋め、擦りつけながら隅々まで嗅ぐと、濃厚に甘ったるい汗の匂いが鼻腔に満ち、ほのかな残尿臭の刺激も入り交じった。

法敬は美女の匂いを貪りながら舌を這わせ、淡い酸味のヌメリをすすりながら膣口からクリトリスまで舐め上げていった。

「ああ……、いい気持ちよ……」

今日子が身を仰け反らせて喘ぎ、量感ある内腿でキュッと彼の両頬をきつく挟み付けてきた。

法敬はクリトリスを吸い、溢れる愛液を味わってから彼女の脚を浮かせ、白く豊満なお尻にも顔を埋め込んでいった。

顔中に双丘を密着させ、谷間の蕾に鼻を押しつけて嗅ぐと、汗の匂いに混じり秘めやかな微香も鼻の奥を刺激してきた。

舌を這わせると、細かな襞がヒクヒクと震え、彼はヌルッと潜り込ませた。

「あう……」

今日子が呻き、キュッと肛門で彼の舌先を締め付けてきた。

法敬は滑らかな粘膜を味わい、舌を出し入れさせるように動かしてから、脚を下ろして再び割れ目に戻っていった。そしてクリトリスを舐め回し、大量の愛液をすすった。

「ま、待って……、いきそうよ……、交代して……」

今日子が言って身を起こしてきた。

入れ替わりに法敬が仰向けになると、今日子は彼を大股開きにさせて真ん中に腹這い、股間に顔を寄せてきた。

まずは両脚を浮かせて肛門を舐め、自分がされたようにヌルッと潜り込ませると、法敬も思わずキュッと締め付けた。

「ンン……」

今日子が股間で小さく鼻を鳴らし、潜り込ませた舌を蠢かせた。

そしてようやく舌を引き抜いて脚を下ろすと、そのまま陰嚢を舐め回し、睾丸を転がしてから、屹立したペニスの裏側をゆっくり舐め上げてきた。

先端に達すると、尿道口から滲む粘液を舐め取り、亀頭をスッポリと含んだ。

「ああ……、気持ちいい……」

法敬は、美女の温かく濡れた口の中に根元まで呑み込まれ、吸い付かれながらうっとりと喘いだ。

今日子は幹を丸く口で締め付けながら、頬をすぼめて吸い、熱い鼻息で恥毛をそよがせた。そして中ではクチュクチュと舌がからみつき、たちまちペニス全体は生温かな唾液にまみれて震えた。

「い、入れたい……」

法敬が絶頂を迫らせて口走ると、今日子もスポンと口を引き離し、身を起こしてきた。そして仰向けの彼の股間に跨がり、女上位でゆっくりと先端を膣口に受け入れていった。

「アアーッ……、いいわ、すごく……」

ヌルヌルッと根元まで納めると、今日子は顔を仰け反らせて喘ぎ、ピッタリと股間を密着させてきた。

キュッと締め付けながら身を重ねてきたので、法敬も両手を回して抱き留め、待ちきれないようにズンズンと股間を突き上げた。

今日子も合わせて腰を遣いながら、上から唇を重ねてきた。

柔らかな唇が密着し、舌が潜り込んで蠢いた。法敬も腰を動かしながらネットリと舌をからめ、注がれる生温かな唾液で喉を潤した。

「ああ……、美しい観音様……」

法敬は、うっとりしながら口走った。あえて芝居がかった台詞を口に出すことで、羞恥混じりの興奮が高まるのである。

「あのね、観音様というのは男女を超越した菩薩なのよ。男でも女でもないの」

すると今日子も息を弾ませながら言った。

「じゃ、女神様……」

「ええ、それならいいわ」

今日子は満更でもないように答え、さらに腰の動きを活発にさせてきた。

「い、いきそう……」

「いいわ、好きなときにいって……」

思わず言うと、今日子も動きを激しくさせながら答えてくれた。

法敬は、美女の口に鼻を押し込み、熱く湿り気ある息を嗅いだ。それは今日も花粉のように甘い刺激を含み、悩ましく胸を満たしてきた。

するとさらに彼女が舌を這わせ、彼の顔中を舐めて唾液にまみれさせてくれたのだ。

「ああ、いい匂い……。つ、強く吐きかけて……」

思わず言うと、今日子もペッと勢いよく唾液を吐きかけてくれた。言えば、すぐに何でもしてくれるのが嬉しかった。

甘い息の匂いとともに生温かな粘液を鼻筋に感じた途端、法敬は絶頂を迎えてしまった。

「い、いく……」

快感に貫かれながら勢いよく射精すると、噴出を受け止めた今日子もガクンガクンと狂おしい痙攣を起こしてオルガスムスに達した。

「き、気持ちいいッ……、ああーッ……！」

今日子が身悶えながら喘ぎ、ザーメンを飲み込むように膣内を収縮させた。

法敬は、溶けてしまいそうな法悦に包まれながら、ふと動きを止めた。

（え……？　まさか、和尚……？）

そのとき法敬は、襖の隙間から誰かが覗いている気配を感じたのだ。

しかし快感に酔いしれている法敬は構わず、今日子の中に最後の一滴まで出し尽くしてしまった。

そして超美女の温もりと匂いを感じながら、うっとりと快感の余韻に浸り込んでいったのだった……。

◎書き下ろし

二見文庫

住職《じゅうしょく》の妻《つま》

著者　睦月影郎《むつきかげろう》

発行所　株式会社 二見書房
東京都千代田区三崎町2-18-11
電話 03(3515)2311［営業］
03(3515)2313［編集］
振替 00170-4-2639

印刷　株式会社 堀内印刷所
製本　株式会社 村上製本所

ISBN978-4-576-14054-4
http://www.futami.co.jp/

二見文庫の既刊本

欲情夜想曲《ノクターン》

MUTSUKI,Kagero

睦月影郎

互いを愛しすぎた兄妹が受けるおどろおどろしい肉罰、借金返済のためす体を差し出す娘の下着に執着する男、美しい姉弟に魅入られた少年を待ち受ける妖艶な館……フェチ、歪癖、倒錯、嗜虐など濃厚な匂い漂う単行本（文庫）未収録作品ばかりで構成、「今、最も売れている官能小説家」睦月影郎が自らセレクトした初期傑作短編集！